金陵全書

乙編·史料類

金陵集

（明）曹學佺 著

金陵選勝

（明）孫應嶽 編著

金陵遊草

（明）朱朝瑛 著

南京出版社
南京出版傳媒集團

圖書在版編目（CIP）數據

金陵集 / (明) 曹學佺著. 金陵選勝 / (明) 孫應嶽編著. 金陵遊草 / (明) 朱朝瑛著. -- 南京 : 南京出版社, 2022.5

（金陵全書）

ISBN 978-7-5533-3645-9

Ⅰ. ①金… ②金… ③金… Ⅱ. ①曹… ②孫… ③朱… Ⅲ. ①中國文學－古典文學－作品綜合集－明代 Ⅳ. ①I214.82

中國版本圖書館CIP數據核字（2022）第049126號

書　　名　【金陵全書】（乙編・史料類）
　　　　　金陵集・金陵選勝・金陵遊草

作　　者　（明）曹學佺　（明）孫應嶽　（明）朱朝瑛

出版發行　南京出版傳媒集團
　　　　　南 京 出 版 社
　　　　　社址：南京市太平門街53號　　郵編：210016
　　　　　網址：http://www.njcbs.cn　　電子信箱：njcbs1988@163.com
　　　　　聯系電話：025-83283893、83283864（營銷）　025-83112257（編務）

出 版 人　項曉寧
出 品 人　盧海鳴
責任編輯　嚴行健
裝幀設計　楊曉崗
責任印製　楊福彬

製　　版　南京新華豐製版有限公司
印　　刷　南京凱德印刷有限公司
開　　本　889毫米×1194毫米　1/16
印　　張　47.5
版　　次　2022年5月第1版
印　　次　2022年5月第1次印刷
書　　號　ISBN　978-7-5533-3645-9
定　　價　800.00元

用微信或京東APP掃碼購書

用淘寶APP掃碼購書

總序

南京，古稱金陵，中國著名的四大古都之一，是國務院首批公佈的國家歷史文化名城。

南京有着六十萬年的人類活動史，近二千五百年的建城史，約四百五十年的建都史，享有『六朝古都』『十朝都會』的美譽。南京歷史的興衰起伏在某種程度上可以説是中國歷史的一個縮影。在中華民族光輝燦爛的歷史長河中，古聖先賢在南京創造了舉世矚目、富有特色的六朝文化、南唐文化、明文化和民國文化，爲中華民族文化的傳承和發展做出了不朽貢獻。然而，由於時代的遞遷、戰爭的破壞以及自然的損毀等原因，歷史上南京的輝煌成就以物質文化形態留存下來的相對較少，見諸文獻典籍的則相對較多。南京文獻内涵廣博，卷帙浩繁，版本複雜。截至一九四九年中華人民共和國成立，南京文獻留存下來的有近萬種，在全國歷史文化名城中名列前茅。以六朝《世説新語》《文心雕龍》《昭明文選》，唐朝《建康實録》，宋朝《景定建康志》《六朝事迹編類》，元朝《至正金陵新志》，明朝《洪武京城圖志》《金陵古今圖考》《客座贅語》，清朝《康熙江寧府志》《白下瑣言》，民國《首都計劃》《首都志》《金陵古蹟圖考》等爲代表的南京地方文獻，不僅是南京文化的集中體現，也是中華民族優秀傳統文化的重要組成部分。這些南京文獻，積澱貯存了歷代南京人民的經驗和智慧，翔實地反映了南京地區的社會變遷，是研究南京乃至全國政治、經濟、軍事、文化、外交和民風民俗的重要資料。

歷史上的南京文化輝煌燦爛，各類圖書典籍琳琅滿目。迄今爲止，南京文獻曾經有過三次不同程度的整理。

第一次是距今六百多年前的明朝永樂年間，明朝中央政府在南京組織整理出版了《永樂大典》。《永樂大典》正文二萬二千八百七十七卷，凡例和目録六十卷，分裝成一萬一千零九十五册，總字數約三億七千萬字。書中保存了中國上自先秦、下迄明初的各種典籍資料達七八千種，是中國古代最大的類書。

第二次是民國年間，南京通志館編印了一套《南京文獻》。《南京文獻》每月一期，從一九四七年元月至一九四九年二月共刊行了二十六期，收入南京地方文獻六十七種，包括元明清到民國各個時期的著作，其中收録的部分民國文獻今天已經成爲絶版。

第三次是二〇〇六年以來，南京出版社選取部分南京珍貴文獻，整理出版了一套《南京稀見文獻叢刊》點校本，到二〇二〇年，已經出版了六十九册一百零五種，時代上起六朝，下迄民國，在學術普及方面做出了一定的貢獻。

中華人民共和國成立以來，尤其是改革開放以來，南京的政治、經濟、文化建設飛速發展，但南京文獻的全面系統整理出版工作一直没有得到應有的重視，這與南京這座國家歷史文化名城的地位頗不相稱。據調查，目前有關南京的各類文獻主要保存在南京圖書館、南京市檔案館，以及全國各地的高等院校、科研院所、圖書館、檔案館、博物館，少數流散於民間和國外。一方面，廣大讀者要查閲這些收藏在全國各地的南京文獻殊爲不便；另一方面，許多珍貴的南京文獻隨着歲月的流逝而瀕臨損毁和失傳。南京文獻的存史、資治、教化、育人功能没有得到應有的發揮。

盛世修史（志）。在中華民族和平崛起和大力弘揚民族傳統文化、全力發展民族文化事業的大背景下，在建設『文化南京』的發展思路下，中共南京市委、南京市人民政府於二〇〇九年十二月做出決定，將南京有史以來的地方文獻進行全面系統的匯集、整理和影印出版，輯爲《金陵全書》（以下簡稱《全書》），以更好地搶救和保護鄉邦文獻，傳承民族文化，推動學術研究，促進南京文化建設；同時，也更爲有効地增加南京文獻存世途徑，提昇南京文獻地位，凸顯南京文獻價值。

爲編纂出能够代表當代最高學術水平和科技成就，又經得起時間檢驗的《全書》，我們將編纂工作分成三個階段進行。第一個階段爲調研階段，主要對南京現存文獻的種類、數量、保存現狀以及收藏地點等進行深入細緻的調研，召集專家學者多次進行學術論證和可操作性論證，撰寫出可行性調查報告，爲科學決策提供依據，此項工作主要由中共南京市委宣傳部和南京出版社組織完成。第二個階段爲啓動階段，以二〇〇九年十二月二十四日召開的『《金陵全書》編纂啓動工作會』爲標志，市委主要領導親自到會動員講話，市委宣傳部對《全書》的編纂出版工作作了明確部署。在廣泛徵求專家學者意見的基礎上，確定了《全書》的總體框架設計，確定了將《全書》列爲市委宣傳部每年要實施的重大文化工程，確定了主要參編責任單位和責任人，並分解了任務。第三個階段爲編纂出版階段，主要在全國範圍内進行資料的徵集、遴選和圖書的版式設計、複製、排版及印製工作。

爲了確保《全書》編纂出版工作的順利進行，中共南京市委、南京市人民政府成立了專門的編纂出版組織機構。其中編輯工作領導小組，由中共南京市委、市政府領導以及相關成員單位主要負責人組成；《全書》的編纂出版工作由市委宣傳部總牽頭；學術指導委員會，由蔣贊初、茅家琦、梁白泉等一批全國著名的專家學者組成，負責《全書》的學術審核和把關。

《全書》分爲方志、史料、檔案和文獻四大類。自二〇一〇年起，計劃每年出版四十册左右。鑒於《全書》的整理出版工作難度較大，周期較長，在具體操作中，我們採取了分工協作的方式。市委宣傳部和南京出版社負責《全書》的總體策劃，其中方志部分，主要由南京市地方志編纂委員會辦公室和南京出版傳媒集團·南京出版社共同承擔；史料和文獻部分，主要由南京圖書館承擔；檔案部分，主要由南京市檔案局（館）承擔。《全書》的編輯出版，得到了江蘇省文化廳、江蘇省新聞出版局、江蘇省檔案局（館）、南京大學、南京圖書館、南京市文廣新局、南京市社科聯（社科院）、南京市文聯、金陵圖書館以及各區委宣傳部和地方志辦公室等單位及社會各界的熱情鼓勵和大力支持，尤其是得到了中國國家圖書館和全國各地（包括港臺地區）高等院校、科研院所、圖書館、檔案館、博物館等藏書單位的鼎力相助，在此表示深深的謝意！

我們相信，在中共南京市委、南京市人民政府的長期不懈支持下，在各部門、各單位的積極配合和衆多專家學者的共同努力下，這項功在當代、利在千秋的傳世工程一定能够圓滿完成。

《金陵全書》編輯出版委員會

凡例

一、《金陵全書》（以下簡稱《全書》）收録的南京文獻，分爲方志、史料、檔案和文獻四大類。

二、《全書》按上述四大類分爲甲、乙、丙、丁四編，以不同的封面顔色加以區分；每編酌分細類，原則上以成書時代爲序分爲若幹册，依次編列序號。

三、《全書》收録南京文獻的地域範圍，包括了清代江寧府所轄上元、江寧、句容、溧水、高淳、江浦、六合。

四、《全書》收録的南京文獻，其成書年代的下限爲一九四九年。

五、《全書》收録方志、史料和文獻，盡量選用善本爲底本。《全書》收録的檔案以學術價值和實用價值較高爲原則，一般選用延續時間較長、相對比較完整的檔案全宗。

六、《全書》收録的南京文獻底本如有殘缺、漫漶不清等情況，必要時予以配補、抽换或修描，以保證全書完整清晰；稿本、鈔本、批校本的修改、批注文字等均保留原貌。

七、《全書》收録的南京文獻，每種均撰寫提要，置於該文獻前，以便讀者了解其作者生平、主要内容、學術文化價值、編纂過程、版本源流、底本採用等情况。

八、《全書》所收文獻篇幅較大時，分爲序號相連的若幹册；篇幅較小的文獻，則將數種合編爲一册。

九、《全書》統一版式設計，大部分文獻原大影印；對於少數原版面過大或過小的文獻，適當進行縮小或放大處理，並加以説明。

十、《全書》各册除保留文獻原有頁碼外，均新編頁碼，每册頁碼自爲起訖。

總目録

金陵全書

乙編·史料類

金陵集

（明）曹學佺　著

南京出版社
南京出版傳媒集團

提要

《金陵集》一卷，明曹學佺著。

曹學佺（一五七四—一六四六），字能始，福建侯官人（今福建閩侯）。萬曆乙未（一五九五）進士，除戶部主事，既位被逐，量移南京大理左寺正。居冗散七年，益肆力於學，累遷南京戶部郎中、四川右參政、按察使。又中察典議調，歸構石倉園。天啓二年（一六二二），起廣西右參議，六年秋遷陝西副使，未行而遇逆閹彈劾，以著野史紀略，削籍為民。崇禎初，復起廣西，力辭不就。京師陷，唐王至閩，授太常卿。其後唐王敗於汀州，學佺縊於西峰里第。清予謚忠節。曹氏美秀而文，力學好古，學問淹貫，著作頗富，如《易經通論》《書傳會衷》《蜀中廣記》《大明一統名勝志》《曹大理集》《石倉詩稿》《石倉文稿》等，編有《石倉歷代詩選》。事跡具《明史·文苑傳》、陳治滋《重刻曹石倉先生詩集序》、葉向高《曹大理集序》、錢謙益《列朝詩集小傳》、《閩侯縣志》卷六七《列傳》。

《金陵集》為曹學佺在南京仕官時所作，共一卷。內容較多，分為四部分：卷之上、卷上中、卷下中、卷之下，後三者標題之下皆有編年。『卷之上』未編年，篇首有『白下胡宗仁、新安王野閱』，根據中國科學院圖書館藏明萬曆刻本《曹大理集》所收錄的《石倉詩稿》之《金陵集（中）》『甲辰』『乙巳』文本比對，兩者內容一致，『卷之上』的年份或為『甲辰』『乙巳』。『卷上中』編年『丙午』，篇首有『吳興臧懋循晉叔閱』。『卷下中』編年『丁未』，篇首有『公安袁宏道閱』。『卷之下』編年『丁未』，篇首有『宣城湯賓尹閱』。『甲辰』『乙巳』為萬曆三十二（一六〇四）、三十三年，『丙午』『丁未』為萬曆三十四年、三十五年。卷之上首篇《到金陵社集葉循父園賦答》『停車黃葉雨，把酒白門烟』，《看菊詩》序提到『今年予到金陵乃有閏九月重陽之名』，此詩集大抵為一六〇四年秋至一六〇七年所作。

詩篇目依照時間次第編排，多為五言、七言。主要題材有：第一，懷古憑吊，踏古尋蹤。如《金陵懷古六首有引》，引曰『友人汪仲嘉搠為金陵懷古詩，自吳至陳，體限七言。予郡徐興公、謝在杭諸子乃屬和之。抽思既新，徵實燦然矣』。《謝公墩》『謝公墩上日閒行，四野霜天一倍明』，《四祠詩》

序『金陵有四祠焉』。第二，遊覽金陵山川名勝，如《閏九月九日燕子磯登高共用寒字》『燕子磯頭終不去，雁鴻關外已應殘』，此外詩集中提到的名勝有嘉善寺、幽棲寺、靈谷寺、普德寺、祈澤寺、西華門寺、吉祥寺、靜海寺、東霞寺、定林寺、高座寺、弘濟寺、天界寺、鷲峰寺、永興寺、幕府山、牛首山、攝山、鍾山、茅山、方山、東山、桃葉渡、雨花臺、烏龍潭、一人泉等。曹氏常與『金陵社』詩社同道好友結伴而遊。第三，亦有夏日咏荷、秋日品菊、冬日賞雪看梅，如《出太平堤赴考栢臺見荷花初開》『花開復花落，誰為惜年年』，《霜降日胡彭舉林茂之過小齋看菊分得秋英二字》《清涼臺看積雪喜臧晉叔至》《焦弱侯張以恒喻叔虞同到吉祥寺看梅》。第四，送客別離，如《送施僉憲之滇》『持節滇中去，悠悠天一涯』，《送陳虞部還閩》『客程春欲盡，猶喜及家鄉』，此類題材在詩集中篇幅較多。第五，題辭輓聯之屬，如《題胡可復水閣》『金陵惟此行樂地，可惜為官不得住』，《輓茅薦鄉水部》。第六，友人燕集往來詩篇，如《元夕過桃葉渡同諸子飲》《同謝在杭諸子集臧晉叔樓上》《七夕同社邀永叔集城南王氏園中》。清胡承譜言其『迴翔棘寺，遊宴冶城，賓朋過從，名勝延眺。縉紳則臧晉叔、陳德遠為眉目，布衣則吳非熊、吳允兆、柳陳父、盛太古為領袖』。金陵古寺多，集中偶見『訪僧』『訪隱士』之文，如《雙桂菴訪竹壑老僧》。少許篇目記載其日常工作事宜，如《奉和大司寇趙公齋居禱雨二首》『久旱皇皇七月時，齋居終覺坐如馳』。曹氏詩之風格，葉向高在《曹大理集序》稱『其旨沉以深，其節紆以婉，其辭清冷而曠絕』，錢謙益評『為詩以清麗為宗』。詩篇中記載眾多友人，亦可作為相關人物的史料考察。

《金陵集》收錄於《石倉詩稿》，石倉即石倉園，乃曹氏在閩之園林。曹氏曾孫曹岱華乾隆甲戌（一七五四）孟冬重梓已校正所收詩集《石倉詩稿》，共三十三卷，《四庫禁毀書目叢刊》集部收錄。書前有南京吏部右侍郎同郡葉向高撰《曹大理集序》、奉天府丞提督學政舊史官陳治滋《重刻曹石倉先生詩集序》，附《明史列傳》。陳治滋序中提及《詩稿》刊刻緣起。『攷《明史·藝文志》載先生所著書共十六部，凡一千二百七十七卷，其書版之在石倉者，遭海寇焚掠，片簡無存。今海內藏書家尚有傳者，亦唯《天下名勝志》之一百九十八卷及《十二代詩選》之八百八十八卷耳。至詩文集一百卷，歷今百餘年，閩中舊家亦無有全集完好者。』曹岱華從為諸生時，即始蒐輯遺編，殫心二十餘年，得詩、文若干卷。『詩則增以家中舊存抄本，按集編年，尚可符舊刻卷帙，唯文集尚少三分之一。』其後用其聽政簡事間隙，遂先校正所藏詩集，付之剞劂，以承先志。

除卻乾隆間刻本，又日本內閣文庫藏《石倉全集》，有學者考證此為『目前所見到卷數最多，最為完備的曹氏詩文集』。《曹大理集》收錄《金陵集》中『甲辰』『乙巳』，為明萬曆刻本。

《金陵全書》收録的《金陵集》以南京圖書館藏清乾隆十九年曹岱華刻本為底本原大影印出版。

王寧玲

石倉詩稿金陵集　卷之上

閩中曹學佺著

白下胡宗仁　　曾孫岱華重梓

新安王　野閲

到金陵社集葉循父園賦荅

相見江湖外何如邸壑前停車黃葉雨把酒白門烟行路幾千里住山纔一年依然詢舊好各爲出新篇

秋詠四首

壁間蛩

吟動生寒後情繁入夜初似分匡鑿火而讀孔遺書唧唧金樊裏泠泠玉漏餘家貧聞最徹唯有馬相如

燈前雁

玉塞鴻飛急銀缸夜色闌將沉幾重焰纔得一聲寒戍婦縫衣泣羈人出戶看孰知玄景逝流響自漫漫

水上楓

楓樹蕭森儵那堪傍水涯芊綿雲裏燒搖曳鏡中花句得吳江冷愁隨郢路賒曉霜猶不覺低訝夕陽斜

霜中月

正當天駟見却値海蟾生雖是一般色衹應多數聲合歡扇逾淨照膽鏡偏明最恨烏啼急能令鴛夢驚

宿石頭菴

經秋戍慘思入夜始玄言霜白先微月鐘清乍

嘯猿澗流應閉葉山雨未開門明日疎林外能
禁覽眺繁

看菊詩有序

按崔寔月令云九月九日采菊然是時紫蘜
雖舒黃花未吐欲徵其盛則在秋冬之交夫
應節則不芳而入冬則少韻矣今年予到金
陵乃有閏九月重陽之名可愛不厭其繁菊
花之實可采並逞其豔是于月則爲閏于色
則爲正也予肩輿日往諸好事家過看秋色

盈𨺗金杯在手花既成品品亦成詩因取去年在家所作錄爲一帙以娛閒曠夫合兩年之致則旅人之情見矣屬九日之辰故以登高之事終焉

早行初見負菊者

早行無所見負菊有山翁暫離園坰裏猶帶霧露中

過吳隱君宅見有新菊木芙蓉花

閉戶已寒序新衣方復加木蓮與秋菊總是拒

霜花剡縣去年客茂陵多病家海邊同宿鴈將有一行斜

齊王孫菊

王孫失芳草相對此寒英一入吳宮裏秋霜猶自驚詎符陶令旨應識楚騷情余本長歌客持杯泪已盈

客有饋菊者戲答二絶

一官聊自寄世事不相聞且論秋色好亦待故人分

冷署淡無物如過秋水邊菊花不須買猶揷杖頭錢

子夜秋歌三首

爲懽須及時莫使三春過菊花雖自媚終覺瘁容多

幸以雲漢影鑒此金翠飾欲將微物綴秋光亦何極

寧爲野草萎得願與燔連莫作黃菊榮惡說生籬邊

霜降日胡彭皐林茂之過小齋看菊分得秋英二字

以君分我菊君亦更來遊枝雜偏諳舊門閒不礙幽日陰纔素節霜落是深秋若不尋佳事翻爲相對愁

青山行處伴黃菊醉時并臨水拂圓影隨風餐落英在家爲客日今歲去年情與爾興不淺悠然思友生

馬水部菊 晦日看

水部宅邊曠寒花霜後開鬱金香掩映黄鸝語
徘徊鮑照多詩興陶公戀酒杯晚姿應未盡秋
色故重來

余中臺菊 天台人

軒冕無俗韻何必農圃家余公性愛菊奇種罔
不羅致植盡厥法既精尤能多綠葉垂綺障黄
華流金波雖日几席玩亦在山之阿山阿信佇
立纚褷皆蘼蕪易素乃此物視遠良有加不知
法署霜苑若赤城假餐[illegible]獲取夕延年以蠲痾

董九博士菊

有花自可人有酒況堪把想君飛來鵠爲我繫去馬恠失高樓居日臥東籬下叢中信凌亂不辨爲何者世人好脩飾之子尚其野譬如千南金不就良工冶陶公頹然時此意良可寫

寄唐君公雲間人

吳會秋風起終朝天氣清但攜黃菊醞何似紫蓴羹作宦不稱意在家無所營三山日佇望一水自盈盈

舊內菊

天中舒菊蘂戶外置邱巒石巧徹通影臺高易受寒恍然承玉露正在此金盤亦有相如渴還來就一餐

桃葉渡待菊不至

香氣自不遠流波也可酬孰知桃葉渡併是菊花潭坐對幽人酌簾窺少女簪俱言秋色媚別有在城南

栫子馬至

待菊反不至無期之子來兩值登高節猶能共一廻

翁比部菊 任滿此上

何日是瓜期重陽采菊時坐於黃葉下映此白雲司客子任來往主人當别離雖然之北闕還只戀東籬

冶城時道士菊

層樓冶城曲秋菊閉門陰何處入塵俗斯能諧素心黃庭堪共寶故劍或餘金少露鍾山色况

聞清磬音

張林宗到看菊

訪我復今日思君秋欲終看成鴻雁序就此菊
花叢雖自香中邊應知色即空于焉達禪理在
昔有陶公

詠同心菊

惟有此同心悠然不斷金所思憔悴日相見也
難禁

胡道士晚菊

散步過深院閒消飽飯餘松花寒亦歛菊蘂晚仍舒綽約憐姬態清幽映道書盧家雖得似脂粉也應除

閏九月九日燕子磯登高共用寒字

今日重陽江上看何如前度在長干須知嘉會難重遇祇覺秋衣一倍寒燕子磯頭終不去鴈鴻關外巳應殘天涯極目猶難徧未得憑風借羽翰

嘉善寺

蒼烟人跡外黃葉寺門前閏月重陽節雙崖一線天僧寮自岑寂洞壑復幽偏若待樓成夜還應就此眠

幕府山

晉家南渡日開府日其間試酌梅花水還臨直瀆山淸鐘禪寺遠夕照墓門閒今古長江外滾滾去不還

牛首夜坐

寒山殊有趣夜坐益相親雙樹不分月一枝堪

映人雲梯元峻絶天關目嶙峋不覺蓮花漏悠然已及晨

幽棲寺

昔日禪棲地重來信覺幽林中層壑積門外大江流山月屢移宿谷風先別愁明朝獻花路相望是嵒頭

同諸子宿郭聖胎山房

山房雪意動颯颯竹風鳴坐此夜方盡起看天復晴義因譚處密詩入籟中清唯有朋來樂能

忘留滯情

夢鄧汝高

夜深吳苑夢獨切楚臣魂語笑宛如昨亭臺依舊存清霜覆餘柳明月照孤猿坐此傷離緒唯添雙淚痕

送陳志玄謁選 中都人

一官猶足寄三泣亦何爲但識濠梁樂寧論楚璞悲青尊對雨別黄綬隔花垂倘就荆卿飲應逢高漸離

送施僉憲之滇

持節滇中去悠悠天一涯四時芳草色千古碧雞祠洱水蘋簪落蒼山彩筆垂須令王化洽長繫遠人思

謝公墩

謝公墩上日閒行四野霜天一倍明亭館已空雲物麗寺門相近夕鐘清寒山又傍斜陽路江水終銷十月聲載妓如花不同賞風流應感古今情

送甯民部北上

漢庭盡道田郎美衛國寧過武子愚賭奕漫嘉嬉
安石墅分司多在莫愁湖日南荏苒陽生候天
北馳驅雪載途若領　帝城春色早肯沾餘照
及凋枯

早起眺鍾山微雪

登樓初日遲却望鍾山陲昨夜有微雪人家俱
不知白雲迷欲盡翠黛雜相窺漠漠寒光外唯
應早入詩

新雪二首

今日始看雪雪非今日飛山中前幾夜早起有餘輝愁動饑烏翼欣承吟客衣故鄉離歲月乍識物情違

暮雪轉蕭蕭危欄獨擁貂坐於一樓上對此衆山遥戍析交寒路溪燈映斷橋况堪初月色相接是明朝

冶城眺晴雪六韻

高閣臨山盡晴光望泬寥雲垂鍾阜没雪傷冶

城鎖鳳闕祥先集鵾絃潤始調千林疑敗絮萬瓦似歸潮映日翻成釆隨風若更飄應知今夜月氣韻坐相要

贈黃隱士

酌彼中山酒息茲漢陰機孤雲行澗藥野鹿獻春薇雪入丹爐薄陽生葭管微行藏應早計不必更知非

王太古新居看秦淮積雪

剡中安道宅雪後子猷過雖傍城南少應生曲

裏多月明雜花樹鶴宿共烟蘿幾日青山色迢迢更渡河

蠟梅歌調吳非熊

去歲尋梅踰山曲寂寂梅花覆幽屋一羣烏宿苔痕紫幾尺蘿垂潭水綠君道秦淮有女郎垂簾開卷靜臨窻生來獨立真無比移到梅花許作雙梅花盈盈嬌欲絶持比玉顔還更别不知桃葉在流波何似梅花影廻雪當時有意屬靈犀當時無地覔芳閨但逢夜月朦朧色便作寒

猿斷續啼繡帶會分長命縷雕欄屢夢長橋路
單眠思殺鴛鴦鳥百計纔成連理樹昔年種樹
今年開呵閣花開見蠟梅爲言白雪不相妬會
有東風密作媒明知此物不結子情濃此際無
窮已葉似芙蓉生太末香奪幽蘭藏谷裏野雀
無端繞畫梁狂蜂祗戀故巢芳眉間聚態千金
咲額上安黃一樣粧君不見落梅一曲那堪鼓
隴頭折寄傷離苦續弦勝取鳳洲膠緘書不用
黎陽土漫道枝頭落有三春風猶自隔江南莫

囙口嚼終無味始悔從前心太甘

陳元愷署中看殘雪柬胡彭舉

千古鍾山色朝來若更新忽看松上雪已入草閒春煑却分泉味凝將雜路塵袁安尚高卧烟火絕西隣

清涼臺看積雪喜臧晉叔至

清涼臺自迴况復此時心不到青山裏焉知白雪深徑含修竹潤日落遠江陰却喜子猷興扁舟能一尋

太平堤遇雪

長堤逢雨雪，凄絶少人行。自顧貂裘敝，誰披鶴氅明。波連後湖水，氣壓古臺城。況有北門歎，悠悠傷世情。

再登小樓看雪二首

疲馬雪中寒，長歌行路難。歸來問妻子，何事戀微官。肯厭蕪甑虛，彈貢禹冠。平生愛清絶，更許上樓看。

祇問尚玄室，誰知生白虛。雪深幾尺後，事絶一

旬餘近听連江迴繁花映樹疎悠悠度殘臘春色莫躊躇

永慶寺竹園看雪

搖搖林影外雪滿夕陽前此地無人到來看尚宛然翠深俱在嶺寒極不生烟欲問茲心境唯應一喻禪

雪後登綺霞閣即目

綺閣霞光上名都夕照間雲開江浦驛雪隱秣陵關臘鼓人家競梅花客思間雷連今夜酌應

接早春還

桃葉渡看雪賦得寒閨

以此渡頭雪遥想閨中心豈無同袍者遺怨在錦衾此時有愁思玉漏若爲深

雪後經華林園

雪後到華林天寒曠復深幾時芳草色終媿白頭吟路指行人出名隨逝水沉已無魚鳥樂何以會予心

和張林宗詠立春幢勝

絲勝邀春麗青旛迓氣專欲知裁燕早但覩策牛前纖自司徒賜書應太史傳雲翹纔叶舞雪調乍歸絃北斗杓先指東風勢屢旋還疑百花發身入洛陽天

除夕雷雨

旅人愁度歲震氣憤成雷夜思兩年合春聲羣動該山川縣理詠朋侶罷長杯惟有鄉園夢猶能密往來

乙巳元旦

獻歲端居暇鍾山覆壓寒仙薹開雨裏官柳長
河干志謝任公子才違司馬安所忻佳麗地詎
作寂寥看

初三日吴聖初樓上看雪

密爾堪乘興相從不待招登樓踰百尺入歲始
三朝樹影寒山沒江容霽峤遥欲知春雪薄都
向酒中消

人日遊靈谷寺

人日晴光麗首春春光今日喚遊人乍見梅花

吐生意況復松下無風塵景陽鍾鳴空谷響功德水示迷途津翠靄已須留客宿黄昏何事逐歸輪

宿靈谷山房

去年人日猶堪憶清歌豔舞歡何極今年人日景蕭疎松房石榻聊棲息梅花一枝短墻裏夜雨深更半山側故園此去無前期客夢不成坐曉色

元夕過桃葉渡同諸子飲

桃葉渡頭歌管催春月乍滿潮水來秦淮一派金波湧鍾嶺千層玉蕋開我來就君君莫詫金陵閒殺上元夜白雪全凋火樹花綵雲巳斷鼇山駕往事繁華休復論官家空有舊名存明朝入署謝燈假猶勝他人未出門

西天寺遇三重

長干浮圖七寶堆層層相映雨花臺神僧舊向西天去仙令丹從句曲來丹陽城邊多古樹六載不知行此路且將今日登高樓猶是昨宵未

到處

春分後見雪

二月春分百花晝莫信春前雪居後乍看簾隙度成絲已向檐端垂作灑春衣縫急疊輕羅谷口新鶯嬌欲歌梔李芳菲猶有待河干弱柳奈君何

雨中過柳陳父看杏花陳父時有檇李之遊

君家住近瓦官寺金陵城中最僻地向來名作

杏花村花開始有遊人至此時結伴過君家歲歲年年成故事花枝雖不用錢買濁酒應賒爲客醉容醉酣看花倒接離瀟瀟微雨踏成泥枝頭莫惜終零落明日東君渡浙西

采茶歌爲方子公

君不見西山二子歌采薇虞夏已沒將安歸又不見魯國孔父傷猗蘭棲棲不遇空長歎古來賢聖尚如此況復今時布衣子譚咲何能取世資拂衣且自歸家裏家在松蘿山一隅松蘿山

茗及春歟尖荀不論明月峽玄膏豈讓岳陽湖君行采采動盈掬春鶯啼兮芳草綠空翠日迷香霧中新烟乍試幽泉曲絕勝秦精入武昌漫隨老姥鬻維揚相逢應不厭水厄有客清談日夜長

兩山詩爲焦弱矦太史

嵬峩雞籠山逶邐石頭城形勢稱天險佳麗表神京雷館與星屬謝墩入雲平瞰湖抱秀氣矚江來虛明環遶青溪渚相望白下亭時代既遷

易賢哲留其名太史乃興起心迹與之弁門徒
席云滿蓍生望匪輕胡蒙絳灌忌遂遣廣受榮
藏書類班嗣卧遊追宗生支遁巳買山鄰公誰
經營企石以代户撫松似扶檻儵忽雲霞變居
諸日月征滔滔傷今志悠悠懷古情㢠彼偏安
業叶茲夢丨靈翹首黄帝巂空同問廣成

送陳德遠

白門來最久吾子是深知但有寸心在非無相
別時春寒猶積雪楊柳未[illegible]願入東風勝啼

鷽日見思

送張我先

我已傷留滯君尤易別離且當寒食住何事暮

舟移家傍延陵季人問張釋之明朝楊柳樹獨

憶向南枝

送洪仲韋之新安

爲客經年久閒遊任此身渡頭䄷葉暗柳外板

橋新采石過賢令黄山問主人知君有歸夢祗

向秣陵春

清明日棲花塢遲主人尹武部不至

我興在行樂聞召疾如馳不知司馬法乃負虞人期高岡自連屬其下亦成谿正當豔陽日棲李競芳菲花葉自相對遊侶葤參差壺樽豈不盛而顧主人非莫與公榮飲誰問淵明饑清晨已出門日暮方來歸家人亟授飡問我何所之聊因語之故大咲云我癡寄語爲客人已後當見幾

送姚廷尉之聊城

三月淸和候鶯花水曲分蘭亭脩禊事棘寺歎
離羣淇竹家林過虞絃祖廟聞曾連高蹈跡東
海有浮雲

送徐吏部還檇李

新亭此送別風日喜偏淸信逐桃花水言歸檇
李城名園依靜鳥三徑惜飛英倘就山公宿還
深向子情

送陳虞部還閩

上巳當行樂離辰黯自傷海雲收鐵甕江月待

錢塘芳草憐袍色幽蘭敵署香客程春欲盡猶
喜及家鄉

送李民部之睢陽

聞說睢陽地黄河向此分逍遥漆園吏凄切木
蘭軍樹指仙人井園留詞客文所懷多古跡一
一問浮雲

送陳脩齡之滁陽

問君何所去滁邑亂山中别路斜陽盡玄言幾
夜終月明梅雨過溪轉竹陰通欲驗淮南術應

須訪八公

送經司城之陜州

分陜周南地甘棠待使臣言辭建業水行看洛陽春峴谷山連楚函關路向秦繁華舊時事惟有度天津

送陸長康

夏日江初永窗虛水氣涵綠楊垂欲盡紅藥戢猶酣新月行時遠涼風到自南潮應連越鳥市已放吳蠶朋侶要同好湖山歷舊探須憐翡翠

帶更惜鳳凰篸勿使秦淮上姬人思不堪

許伯倫招集秦淮夜汎十韻

秦淮新漲日春雪憶初消幾度添江雨經時拂柳條人家競臺榭戚里出笙簫獨立佰思汎無舟若待招許詢情復勝桃葉渡餘嬌波浪纔空闊峰巒信動搖雲光讓微月霞氣薄清霄遠郭疑迴棹懸燈識度橋樹深偏覺靜港狹不知遙未必山陰夜方云客興饒

端陽雨汎城南十韻

五月移舟去榴花兩岸紅浴蘭仍采艾令節信
飄蓬赤石磯頭泊丹陽城外通枝寒應濯雨黃
亂乍過風竟日圭無影諸天塔正中山光低似
積波色遠成空絲縷縈香閣蒲書掛竹叢江鳥
來獨鳥樹裏落雙虹屈子歌偏放田文客自雄
漫云千古異唯有一尊同

送吳民部歸溧陽

青蓮居士誰與倫平生灑落無風塵郎官湖上
新題句孫楚樓中舊酒人君今歸渡溧陽驛伊

亍尚作金陵客可憐酒人遊者稀月在湖波幾
圓缺與君平分一李白還似依依未桓別多君
意氣凌青雲使我相思歌白雪

題林子丘茂之兄弟新居 時亍悼亾將乞假還

去年冶城雪中宿君家尚在冶城麓今歲華林
芳草深移家相就到華林華林風物由來古千
年魚鳥悲無主欲識當時會心處但寄文人口
中語可憐花月幽相映彩雲忽散香奩鏡顧我
方題悼逝篇聞君已就移居詠居在比隣共一

藩唯君與我日相存謝傳幃中管絃絕翟尉門前烏雀喧幾度花開還巳過幾夜月明曾共坐荒原曉角旅魂驚蕭寺疎鐘愁思破我往君來能幾時又復辭君當解維秋風分作飄蓬客祗留餘跡長相思

題胡可復水閣

驅車來往桃葉渡渡頭歌管喧盈路金陵惟此行樂地可惜爲官不得住我官無事長日閒之子幽期坐此間橋上行人俱在水鏡裏嬌蛾刻

有山幾行楊柳枝交蔭五嶽峰巒圖可枕雲散
仍從几席生潮來半是闌干浸月明艇子搖雙
雙兩岸人家浮玉缸有時暗泊疎簾下見爾科
頭坐北窗

奉呈孫公中丞

遙遙薊門盤山之阿展彼壯猷勒石孔嘉瀰瀰
姚江亦涉其波緬彼哲人爰在薜蘿一出一處
曷詠以歌雖則以歌不如晤語登高俯畢寔惟
延佇以小事大恐不我與既見則夷匪險匪阻

曷云有德必宣諸聲何以居業務立其誠雖云居矣朝夕遐征乾乾君子亦匪有寧曰秩唯峻曰坐罔匹蒼蒼者珮履于石室教行威嚴助此陽德德之克明廼用其極

阮太冲移居蓬池

飄蓬本無根池水自有源此水千古流東入梁王園園中盛賓客簪裾華且繁遺址竟寂寞徘徊誰爲言嗣宗詠厥懷雍容寄慨歎時豈無主人顧盼起猜端沉湎不可測禮制越其藩此道

往昔稀後來曷克敦之子善述事事古亦可援朝夕居在兹詎無怳惚存倘遇清風發蓬池生波瀾

避暑詩有序

予在棘寺六年再滿人情本倦兼以注秩靡所事事時值溽暑罕出應酬日往山寺暫得清涼夜月多好命棹而歸方以陳王之賦遠謝幽清耍諸河朔之杯詎追豪爽惟夫俗可暫忘熱免于酷因有吟[illegible]云爾

出太平堤赴考栢臺見荷花初開

趨府雖瞻栢臨流欲採蓮最矜初日麗未散晚霞鮮古思湖波外新妝堤路前花開復花落誰爲惜年年

赴吏部考葉公少宰邀同林考功黃錦衣集別墅

但試登臨事依然愜素心鍾山隨地曠栟色入灣深葉破重荷出堤連四水侵誰非故鄉客何必更抽簪

孔雀菴訪韞輝上人

我欲尋支遁翛然物外期應門疑隔嶺入寺識前時林竹山中徑蓮花石上池所居皆古壁何處寫新詩

過烏龍潭吳廷美園中

閒雲終日靜潭水自盈盈頓失炎蒸氣時聞風雨聲松篁來隔岸葭菼接孤城飛鳥悠悠去因之何限情

與鎧公到永慶寺竹林

十載逢君後，孤雲閉石關。去冬來寺裏，殘雪覆蒼山。天目名僧遠，金陵薄宦閒。晨朝一相接，避暑竹林間。

靈谷寺避暑

谷裏亦知暑，何如王舍城。佇看夏雲靜，唯羨夕鐘清。螢火被金色，蒼松停水聲。時揮羽扇急，未得澹無營。

塔下看雨

塔角垂雲暝，齋時過雨涼。林松韻蒼翠，石壁洗

苔光草濕僧初定泉流鉢自香欲因麋鹿伴隨
意踏長廊

宿普德寺傷懷

客散僧俱寂月斜風正來蟲聲入衣袂涼意山
林苔縱是遨秋駕何能到夜臺觀空尚如此離
思信難裁

毘盧閣納涼

寶閣信巍巍窻開俯翠微涼風生曠刼初地失
炎暉衆樂松間應孤雲壁上歸詎須云避世人

跡到來稀

夜泛秦淮

城南行樂地水上列仙家玉茗流雲氣瓊笙度月華潮痕出乍没山影近猶賒白苧歌方起其如楊柳花

夜過隣園

平易園林好人來木上關清池一蟬噪明月幾枝閒石隙生秋[illegible]樓中合夜山每因思過此纔逐片雲還

夜上雨花臺

爲看夜色曠遂坐此高臺山月當空出江雲入樹來梵鐘幾處集塔火百輪開髣髴天花下昔賢安在哉

普德寺前松巘夜坐

寂歷寺門徑光明禪蹬燈山中自深夜松際對高僧從席添新露垂衣亞古藤不知明月色翻逐興無恒

雙桂菴訪竹蹬老僧

連朝處淨域未見䃂鬻塵相過皆禪侶何曾接俗人雨添苔色古秋入桂枝新禁足喜問遠誰能碍法身

十五夜齋中坐月不得赴孔雀菴之約

偶爾齋中坐因之失所過月邊秋意早風際竹聲多嬾極偏成勝愁深合自歌追尋猶不覺栢憶定如何

城南古意

日浪隱簾鉤清風閙棹謳看人惟看影同汎不

同舟已出東隣裏難逢南陌頭誰知暮潮水告
作斷腸流

孫楚酒樓

酒樓如可上日日寄頹顏不隔湖中水還多江
上山芰荷頻近席楊柳追臨闌倩語軒裳客春
光奈不還

立秋日到吉祥寺

避暑祇園遍朱明亦漸移竹聲報秋雨蓮性悅
山池淨侶他方紊商颸一日期寧須感搖落仁

有長禪枝

靜海寺有虞名文題名

我聞靜海寺郎寄大江濆僧以渡杯識人從解纜分城陰稀落日洞口有歸雲片石題名在猶思采石動

盧龍觀爲獅子山晉易今名

丹梯登陟處高興在秋宵月下盧龍塞河邊靈鵲橋遂聲江步遠劒氣治城銷王謝留遺跡風流亦可招

寄董觀察座主

去年盧嶽望瀟湘何限雲天思渺茫栫自武昌裁處别水從巫峽下時長關城過雁聞秋氣蘋末輕風生早凉莫問比來寥落狀昔人曾有漢馮唐

過朱司成文寧署中荷花盛開爲前一夜夢中所見并寄吳允兆茅孝若

夾道青林俯赤欄雞籠山色落簷端一灣池水行時近半夜芙蓉夢裏看祗似寒星飄的亂非

關秋雨送香殘應知不淺懷人思折贈寧愁路渺漫

奉和大司寇趙公齋居禱雨二首

久旱皇皇七月時齋居終覺坐如馳龍雩布地方千里雲漢當空柰孑遺六事桑林期露禱四郊禾稼待蕃蟄松風不覺秋聲亂山月偏愁夜漏遲

法曹相接似隣居小大從公語不虛莫是灌壇應避路何妨高鳳日看書風過湖水緗荷動雲

起鍾山玉葉舒明旦試從清渭過寧須重問侍中車

送蕭侍御考滿北上

虞廷遥闢四門聰九載登庸此日同颯颯風霜看射隼行行京洛避乘驄蕭何獨料關中實謝傅偏收淮上功見説公卿頗虚佇未應勞苦久居東

送陳民部出守思州青州人

言辭粉署重凄凄道路時聞征馬嘶日照夢懸

鄉樹外夜郎吟向郡樓西竹雞羣裏登峨嵋銅鼓聲中出朗溪我欲白門攀柳送相思此夜有烏啼

寄文憲副

罷國門前濟水清不知何似使君名白雲迴出封中石華鵲斜看歷下城爲政應師龔渤海著書時閒與虞成故人年少官俱達獨吹終軍未請纓

寄俞登州　新調濟南

一官同領舊司農三十專城望岱山宗秦帝之畀曾刻石漢皇梁父自登封湖光夜泊山如鵲海氣朝衙樹若龍無那周南留滯者秋深還聽白門鐘

王永叔到天界寺同社少集予偶先歸被惱以詩作此荅之

被僧歸太早妝閣尚云遲半掩香奩鏡猶然待畫眉秋雲澹初發夜雨洽深期詎不來相就從渠鑿牖窺

七夕同社邀永叔集城南王氏園中

日暮鵲聲傳城南橋水邊秣陵秋月夜牛女㝠堪憐佳會成千里離心又一年寧遂奔龍軫遽爾畏河旋

環海歌

秋來江上居日日思觀海海底蓬萊山所思竟何在蓬萊之山杳無根弱水難渡毫毛翻千行琪樹瓊樓外却有仙人朝至尊千里萬里不知數誰辨秋空浮玉露霞光散盡佰疑曉雲氣堆

成俄作暮暮雲飛去又飛還跨鶴驂鸞事事閒
草變靈芝芝是草山橋波浪浪如山我聞丁南
羽作畫善着色金生携此圖茫茫成海國所思
不可見見者盡迷惑晶瑩翠爍直相逼洪波倒
瀉不可塞庶罟深深無人識秋水潺潺流不得

竹亭歌

竹亭胡氏[illegible]老家搆得孤亭亂竹中枝葉垂珠
元滴露聲音戛玉自搖風子猷諷詠何能已張
薦逃名未許通任使龍孫長吐節直邀鳳侶下

乘空當年結交五峰子寫竹郤稱幽人意不羨渭川千戶封不惹瀟湘幾行淚酌酒時浮盞底青散帙日沾書上翠但令把臂有高賢喜是平生無俗事主人老去亭亦殘有竹只在卷中看形骸忽忽扶爲杖髩髮蕭蕭簪作冠清音久罷聞鐘磬素影何曾掃石壇春鷽正想新烟密夜雨空懸舊韻寒

峨眉山歌爲松谷上人

峨眉山上月千里若爲看峨眉山上雪萬古逼

人寒山青如黛雪如粉明月鏡中何隱隱雙峰
縹緲誰畫眉挂在長空不可盡西域雪山絕嶙
峋此中應見西方人普賢菩薩行具足三千徒
衆皆應眞始信峨眉自惆悵不作巫山神女身
八十四盤娑羅樹花開如雪復如素一間板屋
千重嶺正值行人問山路登山路轉難投寺日
已晚古苔如髮長新松學蓋偃氷窟炊不成雷
洞眠難穩眞僧入定久行脚乞食遠鉢裏龍形
小嵓前鳥聲囀雨氣沉如墨雲光疾似電應有

千化身故作百寶現橋梁宛虹架樓臺疑蜃變
天竺皆騎象星光盡散燕奕奕九微燈㷻㷻五
色綠人人爲攝受各各覩顏面欲知色是空色
即空中滅世事如幻影詎必歎奇絶依舊峨眉
山明月照清徹君來白門秋山月幾圓缺浩浩
江水流尚帶峨眉雪

題吳文中松島歌爲景陵朱生壽母

海裏看山恒一點山形高兮水近漸中間毫髮
若可覩正值秋空雲盡歛百層金階歷銀屋無

數瑤函與玉檢崑崙王母下來遊侍立雙鬟皆
琬琰青鳥不飛漢殿頭人世消息空悠悠但識
雲霞換朝暮不知樹木成春秋蒼松翠栢一何
古聳幹垂枝作虬舞鯨魚出入潮水生樹未瀟
瀟渾過雨微茫只有重波白何處更着遠山碧
風吹瀑布千尋落直似連峰一片石崔嵬可望
不可登驂鸞駕鶴有誰能欲向西池觀翠黛何
如南岳問朱陵

同謝在杭諸子集臧晉叔樓上

息我塵中駕登君池上樓榻居秋寺靜林挂夕

山幽何事偏深戀相逢盡薄遊塞鴻飈外度清

響自悠悠

同在杭晉叔子馬招方子及集秦淮水閣

預把茱萸酌言邀桑梓懽一麾纔罷守十載此

登壇吳苑砧聲斷秦淮月色寒應知湖海興垂

白戀漁竿

青溪朝雨

秋夜明將接輕寒最可憐朝聞青溪雨灑向白

門前楊柳已如是鴈鴻何處邊應空戶外屢寧問突山煙

中秋桃葉渡雨後見月

明月分秋夜邪堪心賞違谷中同勝引雨後見清輝古渡新流滿幾雲一葉飛與不如可問歸思自依依

夜過華林園

昔時歌舞地客至問幽叢湖色高城外山容明月中林烟平似水沙草卷成蓬鼓角聲方起迢

迢聞朔氣

雨集喜晉叔到

促膝風雨會一年能幾同寒林疎牖外雲氣古
城隈別日梅花發經秋朔雁催莫言留滯甚猶
得待君來

俞羡長至招同梅子馬陸長康諸德祖洪
仲韋林茂之吳明遠集署中共用林字

怨聞之子到何事不相臨數載別離久一宵夢
想深所招仍勝侶此會是同心譬彼雲中翼天

寒依故林

和羨長僦居之詠

白門願受壥青簡著成編聞說洛中紙貴于陽羨田已堪慰離索且復得晉連幾夜高樓月還過淮水邊

九月朔日過胡彭舉園圃看菊因携數本

有作二首

欲識野人趣秋光何渺茫出門皆鄭圃佳處即□床楊柳低垂露芸暉晻避香今年菊花早不

及待重陽
入署有佳致出林高巻層後車同上客前席伴
孤燈不信移根異還如識面曾悠悠時序裏兩
載度金陵

邸舍對菊有懷

憶昔卿初歿清明百花朝芍藥伊誰贈楊柳從
風飄艷陽倏已謝素節適見招未渝金石誓詎
免靡蕪謠黃菊籬下榮何如容鬢凋但得新人
賞漫云非昔條故人雲中鵠新人金雀翹雀飛

雖自憐鵠去入九霄

題諸德祖畫

山椒結茅屋中有幽人居但是雲來密定知林不踈

秋夜汪仲嘉見過

與君別幾載是我昔之官爲問相思易何如行路難白雲來夜靜明月入秋寒籬下黃花發寧須九日看

同俞羨長吳非熊林子邱茂之吳明遠盧

山僧過孔雀菴訪韞輝夜宿烏龍潭

荒途十里餘趣與人境背不遠江水上祇在秋城內野客時招携山僧日相對竹林隨意入香積分食退㢌踞多夕陽龍潭積烟靄風散波文淨月來樹陰碎先此一夕宿以誇登高輩

同焦弱侯臧晉叔俞羨長吳非熊林茂之吳明遠到吉祥寺

游人新駐屐大史舊藏書欲識秋光澹惟看物候餘竹林旣閒散梅下復何如一自耽幽勝應

知跡不疎

九日霜降烏龍潭登高送尹恒屈方子及歸喜謝友可汪仲嘉曾端甫至共賦五言排律分得十二文韻

序當青女降酒以白衣分日月斯逢數乾坤一論文長房萸乍熟陶令菊猶芬林晚凋容見松秋清籟聞素流通淨宇丹壁映斜曛鴻鴈傷羈旅羅衣矯使君登臨應此日聚散總浮雲他歲龍山會還思潭水濆

五老峰上人見訪卽別

廬嶽一名僧訪余來金陵寄居玆寺裏相過猶甚邇日浮早馬散淸言殊未已疎燈映秋籬落月覆寒水霜含菊蕋黃露下豆花紫言開五老峰手植千株松山居如可遂林下定相逢匡廬是我宅金陵但作客欲浮明日杯還戀今夜席潯陽九派流石頭一片石其中千里餘悠悠往來跡

送尹恆屈奉使歸蜀

雨中官舍閉江上客帆開楚峤青楓遠夔城白
帝廻秋深塞鴈急日暮峽猿哀萬里橋邊路還
期使者來

過梅子馬水閣志別二絶

小閣寒初到離魂黯自銷秦淮秋水落楊柳日
蕭蕭
登高時已散惜別意偏長猶聞不可發風雨後
重陽

送董考功奉使歸青州

漢庭誰不羨三策在賢科今此都人士皆從水鏡過白門送秋盡青士受春多未比投閒客長歸戀薜蘿

送子馬少尹之滋陽

淒林落葉已紛紛把酒題詩遠送君魯郡朝趨結黄綬秦淮夜別泣羅裙江邊古驛明殘照樹裏秋城出暮雲莫道王程可遊衍還從朋席促離羣

和葉少宰同劉朱二司成登牛首之作

秋色疎林映石關由來天闕異人間言尋澗水
鐘聲遠靜掩禪房塔影閒牛首峰雲生欲暮蛾
眉江月出仍彎詞卿唱和皆同調何必藏名在
碧山

又和遊攝山遇雨不果之作

上宰林泉有夙盟那堪風雨滯孤城山公已盡
堤頭興江令虛期物外情翠蓋近沾高樹濕玉
珂遥荅晚鐘清茶應便作棲霞侶故欲相留在
帝京

見雪別鍾山

玄陰已屆候絳樹亦蕭條不覩霜與雪焉識鍾山高峰巒冥孤聳信爲江海標今日雨霰下何時始復消衆潔之所集粉黛難襍淆客子欲有行對此中心忉禦寒無重裘茲術烏能操

留別同社分韻

勞勞既有亭夢筆復名驛叨陪翰墨場慣上別離席一官不稱意五湖是我宅諸子情見念置酒臨茲夕雲度青溪青月出白門白彼美不足

戀離思居然劇所願崇風雅勿以山川易務佘
後來者如我懷往昔

金陵集卷之上終

石倉詩稿金陵集 丙午 卷上中

閩中曹學佺能始著
吳興臧懋循晉叔閱　曾孫岱華重梓

經茅山

茅家有兄弟，自昔已飛仙。碧嶂江流斷，空壇雲氣連。馳驅仍此日，服食是何年。祇羨陶弘景，蹉跎松桂前。

過祈澤寺

古寺碑猶在，雄關路欲分。樹陰脩晝色，泉氣亂

苔交野鹿眠芳草春鷺啼斷雲獨餘寥落意未有染塵氛

入京見鍾山柬諸知巳

京中有知巳到日定相尋未若鍾山色先過十里陰

雨中别舊署呈陳志華寮長

幾載湖山客一朝風雨來幽情如未巳别思亦悠哉古木吟邊倚新荷佩裏裁知君還見惜長日屢徘徊

三月晦日送女載叔還家

生事一官拙家山千里深幾回離別淚惣是倦遊心嶺月隨春盡江雲入夏陰何時愜初志相見竹成林

風雨

今歲已稱旱亦多風雨時未能霑土脉聊以濯花枝嘿坐無餘事空齋有所思不知晴色久起視夕陽移

同張後之汪仲嘉徐輿公謝在杭林子丘

茂之分賦汝南山川人物二首

日暮登荒城千里成蔓草少年事遊獵不識功名好所以李斯歎悠悠東門道右上蔡城

孟嘉樂閒曠所寄惟散職龍山九日會羣僚事登陟秋風落帽時此意亦何極右孟嘉

同胡彭舉與公子卯茂之雨後過張後之樓上晚眺得寒字

引眺逢新霽言過接舊懽遲天雲色斷深竹雨聲殘淮水獨流暮鍾山相對寒不禁爲客思聊

復此盤桓

四月八日同梅子馬與公子卯茂之雙林

澢堂續賢三上人過西華門寺

大地鄰清切居然隔世氛鍾聲宫漏應樹色禁林分賜出皆龍藏齋時共鳥羣寶枝交耀日香歘襍成雲降誕爾文佛中天祝　聖君微躬切瞻仰瑞色自氤氲

金陵懷古六首有引

夫六朝佳麗自昔爾之矣但吳有建業

難昧開先隋都汴水未可取盈則談者往往不詧焉儲太祝之臨江詠序標五世劉刺史之生公堂旁及外郡詞則膾炙人口而體未爲純備也友人汪仲嘉刱爲金陵懷古詩自吳至陳體限七言代分一首予郡徐興公謝在杭諸子乃屬和之抽思旣新徵實燦然矣予謂時代變遷豪華頓盡而文人韻士風流如見則夫山川古跡之得以不至澌滅者

豈偶然也哉故于篇末各用此意結之
殊乏變化亦使後人知所重云爾

江東列郡領丹陽鼎足三分此一方總爲石頭
成虎踞不知巫峽下龍驤雲生寢廟千秋闕月
照籬門幾夜長年少風流能顧曲行人猶自說
周郎

右吳

一從荆棘歎銅駝五馬爲龍世所歌晉室河山
遺略盡洛中人物過江多楊花寂寂新宮出燕

于依依舊宅過欲向登臨感陳迹至今天闕尚嵯峨

右晉

京輦神皐去不回宋公遺業此中開華林曲宴思芳草綺閣春粧見落梅飲馬池頭斜日下鳳凰臺上莫江迴當時早有陶元亮三徑長歌歸去來

右宋

鍾阜商飈館已傾至今哀壑起秋聲針樓銀漢

含情望畫櫟金蓮逐步生日落盧龍迷古戍天寒白馬走空城不堪重理玄暉詠極目澄江似練平

右齊

龍興鹿苑日聽經靈氣燈光接窅冥行徧臺城猶有路繞棧石闕已無銘湖連野水千層白樹入長隄一片青聞說休文曾作賦幽居還擬託郊坰

右梁

齊雲宮觀景陽樓盡入隋皇作蔣州下若溪寒明月夜後庭花落隔江秋疎鐘夢斷猶疑響紅淚看餘燭不流何事高情江僕射攝山泉石恣淹留

右陳

送謝在杭比部賫 徽號表入京得微字

肅命趨丹陛傾都餞赭圻爽鳩充使者駟牡動光輝江水連沙迴山煙帶日微人依芳草別路入紫雲飛闕栁行無盡宮鶯聽稍稀 皇恩覃

率土宸慶溢慈闈樂對鈞天奏歌承湛露歸榮哉此行役千載奉垂衣

後湖塔影六韵

湖光何渺渺塔影自層層稍與雲無定還因水共澄春芳拂魚藻歲晚上虬冰七級空能湧千花若不勝銷沉幾秋鴈變幻六朝僧欲問烟波外輕舟未可乘

放鵲詩得陽字有序

署後小園偶落彈雀兒輩拾之豢爲嬉

戲月潭上人勑令放去示好生也因與
諸子共賦云爾

雪嶺曾棲釋雕陵乍感莊雖無迎歲患其柰失
時傷施命慈悲大言歸道路長春風一巢裏夜
月幾枝傷翩異支公養機應海客忘若塡河漢
上應自得津梁

夜過鷲峰訪仲嘉與公與茂之同賦

日中乍延晤入夜復來尋寂靜坐僧舍蹉跎爲
客心疎鍾山月色垂柳寺門陰未忍云歸去燈

前相對吟

夏日城南泛舟共得十三覃韻

朱明當夏首清汎歷城南津雨虹初飲山櫻鳥半含潮痕移淺岸塔影倒空潭草樹不分綠江天相映藍未成河朔會聊接洛川談斜日乘歸棹千峰生夕嵐

詠一火泉

白雲自怡悅世事不相宜況此山中水幾人能酌之非貪照影日即是挂瓢時怪殺林猿飲還

韋三兩兒

夏日秦淮泛舟藏晉叔謝在杭徐興公吳皐倩梅子馬林茂之限刻成詩

秦淮水流自瀰漫鍾阜雲起何崚嶒昔時歌舞巳陳迹此日臺榭紛相仍石榴庭中集翠羽楊柳樹下開漁罾誰能文酒徵雅會江山名勝空

金陵

和陳太史閣試春鳥隔花聲

禁地神仙侶晨趨花鳥叢百花分麗日一鳥囀

春風近似疎簾隔虗簇密霧通能言桃李下深
障管絃中香入嬌歌切聲隨綺葉工應無攀折
處詎畏曲難終

寄答李叔操民部長治人時在江浦

潞子荒城潞水濆鴈門鴻鴈幾成羣漢皇惟見
壺關道中散仍窺石室文誰例鍾山吟積翠獨
於江浦望斜曛擬將避暑淸泉下月色松聲一
對君

送馮民部奉使歸蘋嘉

百泉流水吐清渠一片蒼山引使車湯向蘇門懷阮嘯還於汲冡問周書千年鹿散臺空後四月禽歸果熟初此地從來多勝迹因君登望益躊躇

送李民部齋捧北上因還大梁蘭陽縣人白雲山其地也

乍陪鴛鷺識風流使節王程不少留丹日行趨雙闕下白雲歸問故山秋人如河尹元推李客有夷門獨姓矦朝夕秣陵應見憶繁華從古帝

王州

送李民部之遼陽

長安下馬拂征衣萬里遼陽度若飛秦塞孤城
含霧直漢家滄海接天微管寧獨負爲龍去丁
令空傳化鶴歸此地王師初息戰由來邊徼仗
神威

端午日集秦淮蕭送張孟奇民部奉使歸
東粤

今日良宴會有客俱戾止西北浮雲來東南長

風起圓景在天中表立羣所指芳華吐若榴素
馨發蘭芷鬱鬱鍾山色悠悠秦淮水佳麗自昔
然臨泛何能已之子遠行邁須臾隔千里羊城
滄海上羅浮洞天裏道路既以殊會晤難預擬
願勿忘此辰離憂保終始

賦得田文生

齊國有公子號爲孟嘗君生時家人棄没後天
下聞遥思雍門淚今日始紛紛

和陳元愷夏至宿直齋見東六韵

襆被趨公署爲郎屬度支非堪一醉日正是坐
忘時方澤草俱積陪京禮可思月臨御溝上雲
傍蔣山陲拂曙鷄鳴急登秋蟬噪遲還聞白雪
調不覺有炎曦

同楊元重陳元愷步月分得清字

宴坐已終日忽然山月明夕陽歛餘翠澗水落
遺聲照面何其潔齋心亦共清所稱同志者來
向夜深行

送湯比部之黄州

夏雲奕奕浮朱霞，若榴纍纍雜槿花。石頭城下江流滿，木陵關外夕陽斜。長風吹帆渺烟樹，一片愁心與之赴。何時高臥紫霄峰，因君更問黃梅路。

送胡吏部之陳州仍赴考選

朱明相見日，白下此離尊。暫輟山公事，遥乘漢使軒。園陵由上代，池水自東門。坎坎鼓聲合，悠悠旌旆翻。五官遺掾往，三恪有司存。月映渠流曲，風吹沙色繁。芳郊殘驛舊，衰柳廢城昏。言路

知相待如何答　主恩

送張選部之太原

離筵開白下使節向河東文物太原盛人煙三晉通卜鄰依孟母啟事得山公王濬觀朱竹之推祀石桐泉流隱津曲山色表雲中寄適惟林樹相思托鴈鴻應憐汾水上還自詠秋風

四祠詩有序

金陵有四祠焉介公于闐人祠在清涼臺之麓其讀書處也熙寧間忤王安石

歸囊惟一拂而已故名方正學祠在石子岡其墓所也黄侍中祠有二其一在通濟門外爲侍中家人浮屍處一在秦淮東岸故青溪小姑庵而今易之云東湖樵夫不知姓名與正學同爲天台人因附其後正學已下俱災於靖難者四祠先復一時之盛予不敏竊系之以詩

清風寂寂歎誰如客到荒林問所居白屋尚聞新法苦青山寧與故人疎石頭雨濕孤城暮寺

口江寒落月初今日正逢明盛世因君翻爲一躊躇

右鄭一拂先生

岡頭古冢自纍纍魂氣微茫何所之清露不曾沾宿草白雲長自護南枝越城跡廢江流外杜宇聲哀春暮時幾度遊人歌舞散獨將雙淚弔荒祠

右方正學先生

燕歌聞變隔江聲赴難王師尚幾程故國河山

空下淚孤舟風雨忽收兵城崩不待梁妻哭家廢寧傳蔡女名日暮淮流遺廟在行人感激爲誰情

右黄侍中先生

一片東湖望裏分樵夫日日下斜曛時人未必知名姓孤影惟堪傍水雲屈子歌兮終自溺之推隱矣不須文却憐麋鹿山中侶猶媿麒麟閣上勳

右東湖樵夫

初夏同顧宣仲叔虞俞仲茅許無念林茂之到方山四首

作入方山裏都忘入世時仙翁留藥竈道士結茆茨古意猶然在芳春不可追以茲泉石趣誰忍負幽期

右葛仙觀

登陟應難盡遥看似削成荒原片雨積絕頂小池平西日嶺邊落東霞林際生淮流從此去故自繞神京

右東霞寺

側足多危路忘言得定林禪鍾鳴自昔法藏轉于今入殿下山嶺出門當樹陰此中如避俗踪跡更安尋

右定林寺

謝傅功成後疊連阢壑間千秋晉代月一片越中山絲竹風流逝莓苔土色斑所愁非嶪巘此意絕難攀

右東山

和州詩十首

金陵帝王宅此地爲咽喉交通北齊使作鎮南
豫州時淸亦何用驅馬獨悠悠

吳魏相持日雌雄久不分塢低如偃月關迴入
浮雲梅林何處是遙憶度前軍

歷陽有山石其文自成字磨滅蝌斗形隱見龍
蛇勢雖然不可識吾獨重斯意

秦時九江郡漢代八公山江上看明月山中非
世間淮王今尚在猶可駐童顏

麻湖昔嘗陷沸井亦屢動塵世自茫茫升沉如幻夢時見人來遊山下華陽洞

行行烏江邊項王力已盡日落楚歌聲風生漢人陣欷歔泣別時重瞳空似舜

徘徊楚王廟仍過亞父城城空不復入蕭條荆杞生吾言適不用豎子浪成名

東西二梁山戰壘鬱相望天門一道險江水萬里長誰知巫峽外旦夕下龍驤

牛渚在隔岸太白有荒祠日沽蘭陵酒來唱橫

江詞憶昔三載前册過一甲之所儀張文昌復欽劉禹錫花發讀書堂蘿垂刺史壁今日再來此而誰爲主客

江浦奉送少司馬耿先生

若比門弟子私情良幸焉得因行部日來送隅江邊此地遥望楚何時始入燕懷恩二十載曾不受人憐

珠泉二首

秖入巖巒迴誰知泉水生在淵猶自媚出磵始

成聲好鳥沿涯映繁花徹底明石家金谷妓見此倍盈盈

今日靜無事悠然坐碧潭弄珠如可擬飲水亦非貪開士衣中繫詞人佩裏含嬉遊能不厭何必問江南

平山閣二首 張民部侯將軍招

孤城廻谷口高閣俯川湄南北相望處江天欲暮時雲從蒼嶺斷客與白鷗期清宴情無已風流端在兹

欲問興亡事其如世代多禁鍾來隔岸商遂出
層波花向吳宮落潮從建業過平生懷感慨應
爲一悲歌

陳振狂至共憩西華門禪寺

聞道發金昌先期掃竹房客途多暑熱佛界自
清涼有法皆空相無言及故鄉日斜林樹外幽
磬一聲長

同柳陳父陳振狂施長孺湖上觀芙容

玄武湖頭客芙蓉席上杯迎香蘭舫至薦爽野

亭開菱葉浮青靄鸕茲擽綠苔經過少塵事終

日興悠哉

同南虛受比部游高座寺 比部渭南人

高座道入寺搴帷使者車雲來吳會日竹比渭

川餘嶺路連珠苑江光入綺疏六朝佳麗地應

不廢躊躇

奉送大廷尉林公入賀

軺車初動法星光宮闕遙瞻瑞日長八座家聲

推有數萬年天保頌無疆雲流玉殿成佳氣風

入瑤池薦早京此去承恩應不淺故人今已拜平章

送丁長發謁選

長林夏日碧氤氳馬首離情不可分江月乍飄楊柳帶庭花空裊石榴裙郎官署裏瞻青漢樵客溪邊夢白雲漫學茂陵新有約不堪吟望卓文君

輓吳阜倩

名公風韻杳難追之子承家喜不衰載酒醉過

桃葉渡浮生歎沒槿花時人同楚國三閭恨墓有延陵十字碑回首故交零落盡年年情死爲蛾眉

立秋

去夕月明下皆知今日秋千林未變色一葉不禁愁病骨入山雨歸心到海鷗所期蕭爽候登眺倍相酬

秋後聞鶯

秋光何寂寂忽復囀殘鶯已自非時節居然無

友生緒風飄急奏脆葉感離聲十載爲郎署因之淡世情

送謝友可比部還臨川

官是法曹後人當江左時夢題芳草句惜别白雲司川路隳鷗盡山齋聞鴈遲揮毫應不厭日向右軍池

憐才不可見自昔到于今偃蹇文人事逍遥達者心交情如水淡别意比秋深儻值相思日因風寄好音

送施長孺之嵊縣

最喜之湽縣偏宜訪戴舟名賢多舊跡風物是新秋桐柏丹方秘溪山琴思幽剡中藤不乏時爲致書郵

送洪公光祿

送君之北闕能使客衣沾祇是難爲别寧論亦久淹周家卿月照荀氏德星占泯泯情何極秋江數尺添

觀朱元介奉使朝鮮倡和詩卷

我有同心者擒詞臭若蘭漢廷摧五鹿周道出
三韓談碣追鄒衍渡遼存幼安白狼氷已滮玄
菟月猶寒去指茲藩國來迎有從官人从箕子
化山作魯陽看禮樂相傳古兵戈近始殘本朝
生彼厚歷代服之難屢就使臣席仍登騷雅坛
晨光競文采海氣動波瀾陋賈盈金橐如衡報
玉盤平生薦奇尚展卷若爲歡

送葉相公

拜相恩數異傾都出餞同行人來遠道　天子

待深宮戀別三秋裏觀瞻百代中傳岩貌如見周室棟方隆開閣羅羣彥安民問兩童雲霄地已迴山澤氣斯通多事如今日開誠自古風佇看彝鼎上復見有膚功

送康季鷹

故人不可見既見復蹉跎勝槩歷云盡歸期將奈何鍾山横暮色淮水起涼波別思今如此他時相憶多

弘濟寺重送葉相公不及

早來江閣上爲道已鳴橈問法先一日離心隔
兩潮鍾清巖氣動岸漲草痕消佇立眞無事空
知惜柳條

送劉民部 汝南人少子五歲與予弟同庚

與予論年髮參差鴻鴈行他鄉如見弟同舍得
爲郎落日光山外春風汝水陽調飢應在念肯
謂遽相忘

送江民部之淮安

使君自西蜀亭長問南昌[illegible]塚千秋古淮流萬

里長明河含露白衰草入沙黄最有懷人思題詩好寄將

送喻叔虞歸豫章二首

人來思隔歲秋至罷同居風急蟬聲斷江空明月初疎鐘吳苑夢歸鴈豫章書若問津前柳離心悵有餘

寧走丹陽道詎乘彭蠡舟險途非所習率意是真遊離荳垂清露池荷落素秋别離難罷唱唱動不勝愁

寄蘇卯家觀察

自昔維舟江上波江城秋色信蹉跎非無地主時相命奔有羈人徃獨歌木落豫章山景見月明南浦滙聲過題詩今日遙相贈觸日應添離思多

送徐太公僕

皖城太守賢夙昔謂超遷不意淹南國蹉跎已十年人倫擬秋水論議若春泉僕寺膺朋陟騶車事錦旋仙霞分越嶺鄉月照閩天朝省方虛

席林巖詎委眠周王[illegible][illegible]同樂毅欲之燕應試

金臺上能令駿骨[illegible]

送沈從先

送君意蕭索驅馬出丹陽夜月臨關永秋砧隔
水凉白雲满歸路黄葉下行裝别後如相慰求
書體漸康

金陵集卷上中終

石倉詩稿　金陵集　丁未　卷下中

侯官曹學佺著　曾孫岱華重

公安袁宏道閱

元旦同弟修作

去日不可留來日復相繼我生何爲者飄蓬
根蔕離然别鄉縣聊喜得兄弟匪獨友于情兼
以平生契東門牽大出華亭聞鶴唳終知免此
患正遇休明世身脱行伍中又非田畝際舍卻
爲儒業别無有生計長孺薪徒積季子裘已敝

且當攻文史不敢怨留滯原上鶺鴒喜雲中鴻鴈逝在遠勤相思既近尚勉勵百年信倏忽人事復迢遞今日吾與爾各自長一歲

立春日柳陳甫吳非熊喻未虞林茂之家叔女載同賦七言律分得微字

新年客舍敞晴暉吏散朋來塵事稀雲物正娛文酒會春煙欲上薜蘿衣林中幾處歸黃鳥門外孤峯見翠微從此相過能不厭六朝佳麗巳依依

上元夜李長卿吳非熊喻未虞林茂之鄭翰卿家叔女載同詠夾紗燈屏分得明字

火樹叢初發冰綃質更輕欲將華作素雖是蔽還明一鏡枝交影孤煙鳥不聲裁縫應絶技那讓夜來名

十五夜桃葉渡同諸子分得深字

渡頭行樂地佳節復相臨月色可憐好春光如巳深管絃遙度水鳥雀不歸林但畏樽中竭何

論鐘漏沉

十七夜觀燈共用幾字

對酒春庭滿燒燈夜色闌千家明月下一片火雲幾旅鴈歸應遠仙蓂落不單向來難盡意文士寄餘歡

送陳元愷之揚州

送君廣陵去新歲即行遊落日竹西路東風湖上舟盈盈一水隔寂寂三春愁可歎無知巳誰人傷滯留

曠日非熊未虞茂之同用雪字

豔陽已及時晦月尚臨雪艸色新未穩柳條纔
仍結啼鶯閟雕窗走馬間金埒惟有素心人相
過慰愁絶

送陳德遠吏部

爲郎雖已久歸家較亦近陶潛有故居梅福亦
終隱日戀北堂萱時觀東窗槿應知此别長含
淚不堪抆

送朱文寧宫諭

新歲花開君欲行，扁舟相送石頭城。柳條未試黃金色，梅花巳見素交情。交情原不貴虛文，却爲文章得遇君。君今赴召承明殿，薊北江南從此分。分手悠悠對杯酌，迢遞何時到京洛。謂言聊息風塵苦，歸去可知山水樂。家中難定出門期，春光迅速行人遲。君不見桃李陰陰日相接，轉盼芙蓉又滿池。

送陳武選歸建州

[illegible]意不樂送子重盤桓歲月比鄰切風波行

路難梨花建水白春雪秣陵寒橋上多山色而今只獨看

送商太守之南安

南安稱易治君去但高眠章水千峯外梅花古驛邊關開漢將月市雜粵人烟佇見中和樂于茲可一宣

送吴拾之歸金谿

十載傷心處雲林路不迷一枝懸寶劒雙淚滴金谿之子都文藻過予即解携爲詢王謝蹟春

草正萋萋

焦弱矦張以恒喻叔虞同到吉祥寺看梅

梅花自僧舍今日正相過竹後山路盡寺前村色多方池積春水古樹滿雲蘿應識考槃意依然在澗阿

過王潛之宅

我來訪隱者不意梅花前石現菩薩相燈明居士禪衆山横閣上春水繞籬邊况復躭詩畫儵然似輞川

社日鷲峯寺過喻宣仲

彭蠡與君别金陵訪我來新流照碧草古院發寒梅渡口巘之㦸門前周處臺今朝斟社酒樂事屢相催

過松風堂

昔時詞客會祇恨不能從今日高齋下蕭然對古松月明兩三影風入數千重即此可忘世何須雲外峯

送弟證還家

喜是迎年至愁應帶雨歸蹉跎寧客路生計自
荆扉别思江梅發行裝海燕飛三旬看上下能
不惜春暉

送張民部之江浦

浦口分司去淸閒一事無東風芳草綠斜日片
帆孤江淨看如練泉明掬若珠相期應不遠回
首漫踟躕

送范民部之淯川

最是淹留者驚聞三十年依然郎署擢即見使

車旋夜月明梁苑春花雜洧川信陵祠尚在爲
我寄潺湲

送陳季迪之安吉

乍別又相見浮雲無定蹤王程行欲盡民事且
從容棹入苕溪水州迎天目峯看君清淨理好
是宦情慵

上巳烏龍潭修禊十韻鄭翰卿招

三月日重三風光在碧潭春遊宜結駟晚沐且
抽簪禊事蘭亭上幽居柳市南杏花朝雨亂艸

色夕波黍雲際藏巖竇松間露石龕孤城如遠帛一水即拖藍社燕來相命游魚坐可探叢偏行樂秘流淨濯纓堪束皙能專對裴頠本善談追隨羣彥後今日理無慙

天界寺看玉蘭

最喜城南寺春林處處開已期僧夜宿還有客朝來竹裏玉蘭映風前黃鳥廻長干歸路直應是暝鐘催

行路難五首 傷落花也

行路難人生行樂耳不見二三月陽春盛桃李
繁華自有時安能保終始
行路難何爲坐長歎春風江上來處處百花開
昨宵風雨惡花開不如昨
行路難青空徒咄咄誰能惜良夜秉燭看花發
平明待遊子落花侵羅韈
行路難只在城南路今年花正好巧被風雨妬
明歲復如何流光畏蹉跎
行路難吁嗟傷客心寒山祇靜對流水漫相尋

花落渺何所春潮日上深

寒食秦淮上作

風雨夜已過佳辰爲凄然坐對秦淮上睇言晉室賢埋金固已妄焚林何其偏相從有羣彦行樂且自便造餳分酒味鏤雞競文篇落花古渡口嬌鶯綺牕前晚霽出新月餘寒泊蒼山登臨會取適時節如逝川

清明城南作　許伯倫招

清明出城南風日尤可愛遊人不相負雲山各

盡態芟葉香臺巔逶迤花塢内新煙囿已殊幾英若有待石園錦幔張潘車佳果載籬舍繞通川桃林相向背橋浮綵虹見歌終黄鳥代同歸者爲誰祇用增感慨

吉祥寺前看花二首 周用晦招

一朝復一朝看花屢移易北林花正繁空爲嘆南陌古寺連著村山僧半于客青帘挂路口白雲護幽宅密竹既蒼翠羣英雜紺碧俯視春原中網繆若無隙未經塵俗玩先有異禽迹乃知

艷陽境還貯在深僻

出林風景曠遠江明斜暉直看天冶色欲映帆檣飛遊人乍冉冉芳草亦菲菲平地如繡錯重城作步屧翻華恐不再物盛理當稀中有一田父落花霑麻衣力耕罔暇逸祗妨終歲饑花開復花落何分是與非

紀遊八首同吳允兆喻𤣥虞袾茂之固公

順公作

暮春好遊賞朋侶夙相期晨朝告休沐前榮眇

難追春色已如此江天碧草滋攜手尚不足泛
洒云參差
古苑上危堞明湖在幽林林中過車馬湖水照
衣襟柳巷飛蟲亂臺城落日深所惜獨成趣孰
是爲知音
路出重城盡關由巨石分始獲遊山侶還黎開
十群客帆芳草際香閣大江濆憑闌俯歸鳥林
樹何紛紛
夕磬霽雷雨江霞媚殘陽經時多變幻入處成

蒼茫藤木榜巖澗濤聲到[illegible]牀幽棲石壁下耿

焉明月光

磯頭肆望矚[illegible][illegible]水流孤圓攝山頂浩渺海

門秋白雲起吳會春帆上楚洲空嗟歲月逝客

子自不留

潺潺澗中雨春林淨若新今日非昨日落花杳

無津大隄入湖水平壠踰城闉中流如可涉聊

作櫂歌人

後湖亦有嶼前山復臨江煙波深作宅花樹靜

圍牕膚藻光蘿薜蓮洲渡石矼昔時獨往意思
友心難降
鍾阜集蒼翠茲地人迹稀魚鳥自有樂誰爲矰
弋機我亦恬無事乍往復旋歸悠悠湖山長此
願幸不違

送盧山二上人歸

看花忽已落今日送師行江上盧峯秀林中楚
色明閒吟暫遣慮究竟是無生況乃稱同學相
依如弟兄

送吳允兆之皖上訪阮堅之

皖口幾千里挂帆存所親將明布衣義感激路傍人我亦悠悠者相思在水濱不禁楊柳絮獨自惹殘春

送吳非熊還家二首

別路只千里還期已十年故園花發後浮客遠籬邊若答妻孥問偏多山水緣且看篋中草何似杖頭錢

數載追隨好晨昏不暫違我應甘寂寞君亦嘆

誰依作宦幾時達遊人今日歸祇餘離別意猶自戀清輝

寄關中張太守

關西遥望路漫漫泰華峯陰日夜寒長樂故宫秦輦絶未央前殿漢鐘殘月明渭水浮三輔花發驪山繡七盤京兆風流誰不羨時從閨閤畫眉看

寄答李本寧太史 時在晉中

漫聞狐塞出輕車又見龍門屬漢家三晉故宫

生茂草雙魚春水逐桃花賦從揚子應千首怨託之推自一蛇柳絮依依向人意故將飄泊在天涯

送管仙客之揚州

知君廣陵去弔古復遊盤隋苑遙通汴吳溝本屬邗多情誰贈芍佳夢是徵蘭應念江南客鶯花事事殘

寄答蔡敬夫庫部十韻

自知疎嬾性于世不相當除却千秋業應無一

事長廷中不讀律署裏日含香祇是寂寥趣猶言佳麗鄉及期理湖禁乞假治山裝亦有稱同好其如限各方春花帝城艷落日薊門黃武庫窺鍾會兵書得子房鴈鴻來短札風雨憶連牀媿我將何報翩翩雲錦章

三月晦日吳延美烏龍潭上看牡丹

潭邊多水竹復見牡丹開只恐花時過誰憐春色來柳枝漾空碧石徑成蒼苔一到景一換令人重徘徊

同喻宜仲朴虞客印上人晚步鷲峯寺後

春色去來久依稀猶可尋祇堪傷客思未足入禪心落日滿碧艸連山横青林到來塲圃外夕磬寺門深

同王潛之顧孝敷俞羨長許伯倫無念湖上看牡丹

湖水絶人迹牡丹開欲過平生爲客思惆悵暮春何花落在芳草風吹出嫩荷歸舟夕陽盡寂寂山之阿

詠虹六韻與輿公茂之立刻限成

長虹庭際落彩色自重重美女遥疑見王師未可從成時因雨足見始逼春容寫漢無分水乘雲欲作峰聳飛看似鳥氣射望如龍倘借爲橋去神仙此路逢

送楊直甫還淮陰二首

入署爲僚友論詩亦弟兄片雲分樹色三月共鶯聲酒是白衣送書應玄草成依然動離唱惘默不勝情

吳宫别芳草隋苑見流螢不斷湖光白微侵海氣青閣中思汲黯臺上頌劉伶多少王孫恨悠悠寄食亭

粤西陳將軍平蠻歌二首

分道徵兵入奇謀間諜聞千峰齊劍鍔八桂雜旗文自草陳琳檄行追馬援勳不因効死力無以報明君

部落無生氣將軍負勇名蒼梧片雲起展嶺七星明親受轅門縛還臨城下盟所過圖畫裏併

入凱歌聲

送趙勳卿進　千秋表

片月清卿迥前星太子明千秋逢令節萬里在
茲行甲觀凝祥地寅賓出餞情青驪門外徃白
鶴禁中鳴湛露階墀下涼風河漢生瑶山聞奏
樂璧水見飛旌莫道長安逺恒思萬國貞應知
朝會日専席拜桓榮

送孫福州

使君欲發日終朝雨淋漓定是隨車去其蘇閩

海涯三山得所主九邑無怨咨虞愿著清節常
袞重文詞良哉二千石千載若相期予雖歎鷄
肋魂夢恒歸時

龍飲歌爲俞仲茅賦

俞君平生本好奇自號爲龍隨所之鍾山鬱盤
幾千里茆洞崢嶸第一芝早歲南宫曾射策四
海居然望恩澤鳳皇闕下盛光輝燕雀湖邊深
窟宅時時縱飲復酣歌酒船來去隨滄波河朔
紅塵猶未盡竹林清影更爲多境物清涼誰不

羨白玉杯行水晶殿勝友疑從天馬來美人宛似春虹見此時襳褷湯相尋此地炎歊何處侵一醉韶光如瞬息百年身世等浮沈龍兮龍兮且魚服雲雨何時無反覆直視飛騰壁上梭爲君惆悵杯中物

答董然明

吳會浮雲起遇子姑蘇臺須臾即云別携手長徘徊曰歸卒不克留滯湖山隈春明難再會辜負桃李開同聲非不廣所思乏異才與子相見

後使予難寘懷旦夕期上征策名于天階俄然枉尺素悲風從之來板輿御既失人琴怨復偕讀罷不能語中心爲凄凄柰何時與命造化多不齊人生如有情此際無津涯

茅氏封股詩和然明作

句曲三茅嶺臨江跨上都聯翩升紫極兄弟情相於孰知千載後其裔在下蕪茅氏有三女乃爲姪與姑一則死于難一則死于夫後來愈奇特云是最少姝十三學機杼十四誦詩書十五

字厥配十六裁嫁褕夫壻美白皙衆中皆稱姝
各出簪纓族相當門與樞琴瑟調旣合翰墨美
以娛有如比翼鴛有如並蔕芙纏綿松上蘿游
泳水中魚柰何盛陽春景光不少紓蕙蘭忽以
萎嚴霜被庭除夫壻病云革不能顧區區開襟
出玉體懷刃向中厨痛絕忽在地人來急相扶
持用和爲羮入口或强茹但能救夫壻豈惜無
完膚悲風亘夕至形影不可俱忽就長沙賦寧
久茂陵瘉哀哉白日光下照穜黃壚我褓有嬰

兒呱呱從此孤顧視情悽惻提携待我哺默默
朝中堂涕泗長漣洏譬猶君遠征日暮倚門閭
夫婿不來歸婦人無貳圖金石猶可磨志節不
可渝蕭蕭董生帷寂寞子雲居叔氏與我遊敘
述良匪誣哀如原上鴒苦如堇與荼我心非木
石能免爲欷歔願彼閨壼人置此于座隅

秋日雨後同吳允兆吳翁晉諸子秦淮觀
漲得暉字

秋風秋雨掩荆扉幾日相過踪跡稀渡口忽思

觀漲去樓中便可取涼歸三山澹澹明潮水撰樹蕭蕭下夕暉何事王孫坐惆悵天涯不復有芳菲

中秋宴集秦淮水閣同用燈字

一時佳會集良朋試上高樓復幾層明月清秋度銀漢青山此夜是金陵雁飛浦口驚漁艇樹傍城南映塔燈何似曲江來騁望相從應識有枚乘

送荆民部之淮陰

水色浮空下洞庭青山不斷好揚舲人過北固吳王寺吏待南昌楚客亭別日雁鴻俱後到望秋蒲柳已先零但思擊筑荆卿侶長自悲歌不願醒

冶城送甯民部出守成都

一片江城秋色多別離同上冶城阿使君正叶三刀夢治行應傳五袴歌夜月行看峩嶺雪春風臨泯錦江波年年送客長來此莫怪揶揄路鬼過

送金民部捧冬至表入京

度支使者捧龍章迢遞關山入帝鄉葭管飛灰當至日籬花對酒欲重陽金臺有客悲歌壯白下懷人離夢長正值聖人重文物應知魏闕盛冠裳是時新飭朝儀故云

送余水部北上余在中臺時脩方正學祠且善種菊推第一故及之

奕奕徽蘭省行行辭栢臺檣間舊烏轉砌外早鴻催廟貌千秋在籬花九日開應知何水部相憶有詩裁

暮秋同焦弱矦吳允兆吳翁晉俞羨長朱文寧汎舟城南

季月理清汎在此城南曲扁舟身外閒萬事杯中足寂路指脩鴻芳醪薦初菊橋形劃江潤岸勢奔磯束落日波逺紅臨流樹殘緑嘉會展詞藻閒曹肆休沭浮榮理可遺多識德斯蓄頼有千秋意庶無傷局促

九日同洪子厓水部招茅平仲吳允兆汪仲嘉俞羨長陳從訓栁陳父胡彭舉吳

翁晉王太古吳非熊潘景升諸德祖管

仙客洪仲韋諸子泯舟城南分賦

泯舟不隔日豈爲令節催明是登高水能緩調

萸杯雁添一行到菊有幾枝開帝京信佳麗眺

覽集亭臺近知幽趣勝此地未人來野色明村

落江聲暗沿洄開襟禊事畢入暝秋光頽寓目

已成曠何須陟崔嵬

同瞿上人往華山

秋來方外侶導我入遥岑但覺日初落不知雲

已深江山表金字烏雀下珠林欲問瞿曇意迢迢夕磬音

送趙公司寇考滿北上二首

羊公去峴日姬旦在東時一代又人物十年爲士師閒遊赤松子詩興白雲司欲問關心處唯應兩鬢知

送送情何極依依思有餘言歸通德里行入承明廬論道躋黃閣横經憶石渠應持斧斤役肯顧不才樗

賦得懷芳步青閣送京兆徐公入覲

萬國賀元正春光先禁城泠泠聽龍漏肅肅待
鷄鳴百和香堪佩三朝玉已盈仙蓂開寶砌御
柳綻雕楹信及尚書履應題京兆名明良兼喜
起此日待重賡

送張民部捧元旦表入京兼省覲河東

且勿嗟相别榮哉是此行以將覲　君意還得
戀親情蓂莢堯階長桃花汾水生周南留滯者
何日達承明

許玄祐贈甫里集因訂湖上之約

甫里先生幾百年松陵筆澤有殘篇欲知何限幽人思開卷時時亦渺然

不因湖海一逢君大雅遺音詎可聞他日相從烟水上白蓮花寺弔荒墳

冬日同臧晉叔陳從訓吳非熊林茂之過玄祐秦淮水閣

言過客舍意俱閒歲月如流杳不還却望蔣陵秋色盡蒼蒼十里是寒山

論詩把酒漫相親遊寓同爲客裏身渡口夕陽
半潮水一株殘柳獨依人

集沈不傾水閣

秦淮無日不笙歌畫閣朱欄兩岸多此地獨餘
楊柳色秋來猶自鎖烟波

送汪九睦奉母還新安

新安流水響潺潺言奉慈親此路還一片白雲
隨子舍千林紅葉是家山

題羅漢像

蕭然太古雪霜顔一杖横肩兩足閒坐後不知心是境也無山水與禪關

送吴山人還武林

武林春色白門秋一歲逢君兩度遊惆悵于今花月盡蕭蕭風雪别離愁

送鄧太守之南陽

南陽秦漢郡此去訪遺踪王業應看雉躬耕有卧龍淮源桐栢古潭液菊花濃召杜爲前後君當何所從

送段幻然歸楚

一官祇如寄空名無職務日夕閉門裏秋風吹庭樹在境已相忘捐心孰知故飄然别我歸去問黄梅路

送金季孺歸西華

悵然古今事爲問東西華碑版已平地渠流非故沙歌餘桑落孔跡廢椰城媧觀易林中久殘陽一片斜

送張叔衡之楚

支俸苦不給買書仍費錢扁册一以發幾日漢江邊亭畫孤夫子樓名王仲宣由來郢中曲不識爲誰傳

送楊民部奉使歸滇仍赴考選

欲問關山道滇中幾萬重陽春青瑣詔雪夜白門鐘地迥連星宿溪寒出石淙相如今擁傳何似漢元封

送李伯逵北上

蕭然歲暮獨離懷無事書空坐小齋有客行行

千里道爲予一日渡秦淮

燕臺雪裏醉琵琶行看長安三月花且問征車何處發隔江山色是瑯琊

·送李玄白下第還家

不遇還家且放歌流光京國易蹉跎令人轉憶荆山下凄絕當年泣卞和

此去姑蘇望白雲寒林孤館自氤氲憐予鄧尉山中約兩負梅花一負君

送常比部之楚

歲晏仍離酌江寒獨去舲湘中春草緑漢口暮烟青畫一蕭何政眞空釋氏經應看旌節出祇在舊樟亭是時比部新推浙中而舊曾爲錢塘別駕故云

送成爲蒼歸漳河

未盡論文興俄然動別顔漢歌瓠子渡禹跡大伾山尹臥雪中病君懷天步艱還登鹿臺上吊古一潺湲

後湖呈金給諫十韻

素切追依願其如隔別何此中爲禁地喜得共

恩波出郭逢長坂停車在淺莎自天頒鎖鑰含凍解呧哦鍾阜虗攅翠秦淮暗入河千炰紫露藻雙鶴下烟蘿巳見塵氛少貞云水事多登臨隨吏散載籍慮民訛八舍榮能被方舟樂且歌歲寒盟可遂況乃接陽和

過湖夜歸張紹和見訪即別

湖中有公事孤島跡難尋倚棹風雪曠到家更漏深明燈還有客把酌是同心遠道兼離思迢迢歲復陰

送鄢審理之襄陽

言別吳宮望楚天春風遥汎洞庭船習池漠漠生芳草峴首蒼蒼起暮烟酒近宜城寧設醴地符客姓本稱鄢試詢耆舊何人在莫比長沙哭少年

謝天池太公輓詩六韻

謝公返初服世綱已超然白首功逾苦青山道自堅平生究墳典此日棄林泉楚國思猶在閩天計已傳烏衣懷舊巷馬鬣待新阡自媿葭莩

末徒吟薤露篇

司馬沈公太夫人輓歌三首

內德昭柔順芳徽著淑嬪傳家左司馬封國太夫人畫翟懸衣影孤鸞掩鏡塵唯餘長水上蔓草逐年春

瘴海孤臣去慈顏獨倚閭一朝回漢詔長日奉潘輿白髮催殘後青山永閉餘只應雙鶴影猶自吊玄廬

女史傳名姓姬姜遠足儔魚軒何處去鳳履向

空遊設恍知無日鳴機已斷秋　聖恩深雨露
丹誥賁松邱

芋孝若太君輓歌

太史家風在夫人閫範垂倚閭愁甫釋同穴願
能隨茗水流餘澤吳雲表今姿無由攀畫梯遠
道獨含悲
爲憶登堂日今成隔世年還魂寧有術截髮尚
懷賢雲暗秋原外天寒夜雪前應知靈幌上寂
寂一燈懸

除夕吳非熊喻未虞鄭翰卿林茂之汝載

赤同賦五言律得烟字

逼歲徵羣彥虛堂開勝筵春生鄉思外夜盡客吟邊燭照吳宮樹鴻歸秦塞烟異方誰共賞勿惜此留連

金陵集卷下中終

石倉詩稿　金陵集丁未　卷之下

候官曹學佺著　曾孫岱華重梓

宣城湯賓尹閱

米仲詔自燕登岱山因泯吳越間欲遊武夷而返余作此詩紀之

家居魏闕下散意遊江湖易水别壯士秦松問大夫岱宗逢辨駟魯望昔稱皃好客館成迹歌風臺巴蕪河流竟淮甸秋色入吳趨笛步清音渺鍾山紫氣殊星依靈渚鵲風散白門烏豔妾

紛歌葉真僧獨折蘆追陪無幾日離別在須臾
薊北人逾遠江南路正紆芋山行乞藥季廟且
停艫浣沼清泉汲金閶濁酳沽百花殘茂苑羣
鹿上姑蘇楓落知江冷鐘鳴識夜徂虎林方入
淛天竺本從口桂子明蟾墜潮頭白馬駈西陵
一以渡南鎮漸崎嶇禹穴藏稽嶺姚封帶上虞
應詢集蘭彥猶想采蓮姝山買聞支不舟過見
戴無石梁如切玉華頂似擎柎瀑布千尋白霞
城一片朱鳥名山作鳫花記里名芙天柱高標

景龍湫亂噴珠桴浮海外迴嶼出水中孤越嶠
行將盡閩鄉恨不俱武夷眞突起接笋罕平塗
九曲丹流遶同亭彩幔鋪虹橋經斷續仙蜕幾
凋枯興盡三秋日相思天一隅定看有題什何
處成畫圖惜别應攀柳登高待揷萸此遊偏學
智歸臥好名䖏

七夕秦淮燕集

秦淮多客子遇節毎銜杯獨是今朝會偏宜向
夕來林光逐河轉月影帶橋廻豈必昆明上迢

迢問刼灰

送陳振狂

秋月無數好夜夜明長天子在河之水獨坐不能眠作客亦何事開襟殊爽然誰堪帶餘影歸去伴江船

賦得隋隄柳送陳太始明府謁選

君在丹陽道寄我青雲箋應知渡江後獨對柳色前柳色青青日尚淺行人攀折凡幾轉遥憶隋家初種時無數鶯聲啼近輦輦路千瘾化作

塵長隄柳色逐年新日暮江南堪悵望誰是臨岐贈別人

賦得秦淮月送施長孺明府之剡

溽云剡溪勝聽我道秦淮山城無障蔽水閣盡空階矦家吹玉管公子挾金釵是朝皆美麗匪夕不云佳夫君青雲彦百里身所寄蕭然無宦情清譚有同志起居傷客舍僮僕付僧寺皎皎夜月明颯颯秋風至蹉跎日既久王程不可寬去爲山水縣興多竹石灘折獄未終語鳴琴日

再彈秦淮一片月携在越中看

送王民部之楚

署裏稱同志江邊作別吟總爲留滯者偏不負歸心楚色行堪遠秋風日已深相思千里外肯爲寄瑶音

江月軒歌爲石豫明民部賦　貴竹人

闢山𨸏重去入黔竹樹翛翛迴作林夜來月吐滄江上直照紅崖百丈深江水江花自春色江月江秋渺何極祇將空水共澄鮮不分露華偏

皎潔君家卜築倚江邊日暮江流在眼前光滋
獨對一江月坐臥人疑是水仙仙塵由來異風
景夜夜月明江水冷波連微滅孤笛聲岈映東
西兩橋影主人習靜自高軒焚香讀易已忘言
不數漢家丞相宅寧論金谷綠珠園幾載辭家
在京闕道路迢迢歸興發長江信隔牂牁水獨
夜恒看石頭月

九華歌贈吳寛生

江上望九華九朶青蓮花秖謂神仙境何知是

君家君家向住老田裏眼見九華尋常爾天晴奇岫列叅差日落衡門吐金紫平生故乃爲詩豪相對青山芙彩毫不負謫仙稱秀氣應隋杜牧賦登高從此聲名滿人口坐使九華翻落後識者目爲天下士鄙夫結作山中友山中消息日相聞不知九華何似君君來示我以新作片片俱是華山雲

信陽老人歌爲陳別駕作

申昜老人鬓皤皤眼送丁男淚滂沱自家有田

廢耕作却走千里開黃河黃河遷徙非一日四
野風烟荞蕭瑟漢武興歌責衛人鄭國行謀役
泰卒離家半載始云旋爲雨爲雲乍息肎賴得
保全别駕力不曾多費水衡錢昔時開河云尙
可今日陳公欲棄我臥轅民力斯已疲曳裾王
門亦太左汝南月旦不足恃申伯無爵木偶爾
但能借箸復一年何惜叩閽懸萬里萬里君門
不易言皎日無由照覆盆從來不識長安道今
日方知　天子尊

馬市歌爲陳道源作

魏尚已失雲中守相如倦向梁園遊行樂金陵
佳麗地高談玉塞凄凉秋玉塞迢迢幾千里□
□天驕何足擬惜無飛將在龍城坐費縣官開
馬市春秋馬市邊庭開日見□人騎馬來白羽
遥馳獨石界黄塵高漲拂雲堆金錢作價繒作
賞漢家故事亦可倣魏絳和戎傳至今李牧安
民策爲上部落酣歌飽利歸權奇蹴沓去如飛
祇見燕臺收駿骨年年春草怨芳菲

秦淮秋怨

四亭皆蓄意秋來姝可憐踈籬豆花雨達水荻蘆烟忽芙月中蓬欲開江上船不知夫婿去仍會在何年

秋閨四詠

秋海棠

不分春英襟恒爲秋露滋盈盈如欲進的的未成枝處陰君不見是妾斷腸時

黄蜀葵

遠遊良家子深閨黃淡妝楚腰非不細秦鏡懸
無光但堅向日願詎惜立空牆

秋蟲

先秋蟲已至未夕語何偏霜露欲墜地聲音堪
刺天此時不聊賴直置空牀前

秋鴈

鴻鴈一聲斷報言秦塞寒能催妾淚落慨念君
衣单文砧不須拭乘月擣輕紈

秋日題顧與秀水亭

閣以臨流置門因避俗扃鍾山橫古渡菁葉覆
空亭夜笛淸于水秋燈密似星入生此爲樂不
羨百千齡

月夜淸凉寺過紹公房

獨處秋堪永相過夜欲闌僧貧移室易月好別
山難攤薝入風動香厨雙葉殘不知心與際今
日若爲看

秋夜謝修之翛宣仲林茂之同集分得二

冬韻

他鄉秋欲半此夜客相從皎皎林中月盈盈江上峰遙驚紫塞鴈近映白門鍾若使生愁思關山日幾重

中秋夜與宣仲

一別蠡湖月三年淮水東因君問清興盞與昔時同竟夕共衣露長川孤遂風淹留何所苦行樂自無窮

送梁民部還東粵

彩鷁辭京國神羊指郡城寒江秋雨外歸客別

離情海月兼珠迥山梅傍驛明安期如可遇我欲學長生

送諸德祖之南陽

離心何所似秋雨自紛紛吳楚山川接烟霜朝暮分臥龍行處見唳鶴夢中聞若遇登高候能無憶斷羣

送俞羡長𢹂姬人之廣陵

秋江渺渺泛輕舸何[illegible][illegible]意懶搖聞道美人

新病起不堪[illegible][illegible][illegible][illegible][illegible]

和入聞所知入道

雲雨無情粉黛消六時行道暮將朝山中若拜蓮花漏漫憶當年故步嬌

催粧爲韓求仲賦

妾家住在長干里歲歲春光顆自悲若使遠山秋入畫相逢不待踏青時

風雨

春來風雨妬芳年桃李催殘一夕邊無那黃花秋節晚隔籬風雨更凄然

過胡彭舉新移書室

一年過隱舍兩度卽深秋可見浮光速令人無暇遊閉門隨野曠移榻近林幽語嘿渾無別隨機可唱酧

九日登高

今日復重九南來巳九年登高成故事與客興悠然野酌依寒竹秋城起暮烟心驚風雨後一醉菊花前

懐醉石翁

世人皆若醉舉目醒者稀君獨有石癖秀色媚林扉而今長往矣勝韵與我違雨花臺下路春草空芳菲

送衛公中丞

開府雖尊貴憐才自性成下交徐孺子坐鎮豫章城十月霜威肅三江惠澤清新亭今日別不減昔人情

送李公納言豐城人

秖切爲儕志翭成別恨催知君有寶劒持此向

金臺卿月寒逾潔皇風暖欲廻于兹明盛世會見四門開

送劉公司成

天寒木葉落歸思滿江城悵别橋門道追隨槐市生潘輿行處樂魏闕望時情他日匡山老寧忘泉石盟

贈唐公奉常

名德如公信若何天生桂樹太山阿承家不媿云經史率職居然以詠歌南國清卿懸片月延

陵季子有餘波伊予未足三冬學來向門前問
字過

送王叅知之楚

十年留滯在楓宸乞攺南曹寵命新建業疎鍾
聞幾夜武昌垂柳待芳春施恩不測元　明主
行省叅知屬重臣楚事頻仍非一日看公何以
布經綸

過彭正休邸中

别邸閒無事同曹日接連圖書四壁内山色小

樓前世業爲蘭省才名自木天雖然車馬道過此郎幽偏

送李虎臣

年少郫知別于君有不同客舟明月下書館夕陽中江水愁人碧春花隔歲紅豐城看劍氣耿耿在于衷

暮秋同彭正休方伯文滕唯達汪仲嘉胡彭舉林茂之登木末亭晚憩永興寺

登高午（闕）節出郭已紺林木末參差見山中日

夜深澗長密霧起谷靜逕江侵落葉不分徑流水斯輟吟寒蟲夾石氣飛鴻連塞陰得朋乃攸往無悶在散襟遇幽聊可憩聞勝直須尋寥寥僧寺磬自遠帝城砧

喻宣仲自雲間歸秣陵

祇是遊江上不知自雲間往來無幾日已有新詩看楚色背千里吳門夾兩山蓴鱸高興足霜菊一枝殘似我苦維繫久之亦自安所思情不易乞假理應難子勿亟歸思且當盟歲寒

送楊元重歸建溪

君欲還建南我乃渡江北本是鴻鴈行分爲參差翼原日無晶輝西風作寒色絳樹向岍縈玄蟲臨砌嘿物候巳如斯況乃傷離臆汎越信逶迤入閩類攀陟夜火山路宿晨霜水鄉食屢薦無一可曰歸此終克世路時浮沉　主恩元不測四方亦唯命敢云事休息

暮秋同韓求仲喻宣仲李虎臣柯謨伯唐然仲林茂之過虛野王孫山亭

平生無所好好游獨不懶清秋入我懷便思適
子館嵒際藏崎崟林中自平坦感時草木稀寓
目江潭潚雲觀眇若仙霜楓繡如纂孤烟被厓
谷羣鴈宿沙潬眺覽未及周景光詎云緩買隣
若無資入山欣有伴相思復命駕何謝嵇中散

登周比部座師囘甬東

冬日誠可戀長江惜解携談經鱣席上歸棹結
亭西十月靜流水繁霜掩古隄家遥滄海近署
冷白雲低文酒時清暇湖山厠品題積薪同在

漢聞樂似之齊去住分朱雀屏藩待碧雞陽春
應不逮桃李愧成蹊

香泉寺 爲昭明太子浴處

客路逢休沐泉池自有湯佳名傳太子無垢傍
空王入室迷香霧開襟失夜霜徘徊明月下古
塔立蒼蒼

烏江廣成寺 寺近王景逸宅景逸閩人

大唐來象教西楚見烏江敗矢遺金鏃殘經損
石幢天涯同故里林際自幽窗更向陰陵去雄

心未可降

項王廟

久忘塞翁馬空悲項氏騅當時楚歌急今日客行遲物象延古意江山識餘基不堪鴻鴈度秋草自離離

送喻宣仲匡雲上人歸豫章

行樂今當減離情日以增我猶淹粉署君復去金陵歲晏多歸客江寒獨對僧定知廬岳頂深雪覆禪燈

送張鎮遠

何莫非王命寧須憚鬼方一麾新出守十載共爲郎味井嘗時別屏巖卧日長應知行部裏遍野海棠香

送曹民部入賀　新蔡人

捧出龍章入帝京如雲冠蓋送行旌留都慶賀稱隆禮同姓分離覺倍情雪夜醉歌燕市酒春風歸路鯛陽城易和布令應能早已折梅花贈友生

送莊民部入賀

雪落江城送使車同曹踪迹歎蕭踈宮春正滿二[illegible]六十字唐詩有作平韵明年戊申正萬曆三十六年也朝席應加半百餘用戴憑元旦奪五十餘席事廣殿茅茨真不剪下民焦驚可安居不知誰向歡呼後慷慨當前一上書

送孫侍御歸沁水

執法行行驄馬前都亭冠蓋悵離筵忠誓戀主歸應甚病爲思親見即痊沁水石門猶斷碣介休巖廟自荒烟定知鯉也趨庭日無數蒼生

屬望年

送雷元亮還豫章

之子來相過心知是勝流昂藏猶劒氣惠愛自荆州乍赴鷄籠館還乘牛渚舟歸期應逼歲別日信如秋梅蘂招寒鵲蘆根散雪鷗豫章生郡裏贑水過城頭奉母時行樂閒居卽校讐且無期會促偏得物情幽若問匡山社它時許共修

吉祥寺同表中郎夜宿

若謂不蹉跎聊看此會何　十年別寺亦暮

春過夜宿語方竟竹床風漸多明朝送楚客依舊隔烟波

冬日過潘稚圭齋頭

今日始寒色相過杯酒深得觀古人物聊以附知音比德昭華玉圖形神禹金千行入雲樹一卷遊山吟蹟散友朋趣縱橫文墨林人生無此樂真當不用心

輓茅薦卿水部

子也吾之友寘陽令不通談詩爲世業作奏獨

能工秋憲持三尺冬官辨四弓河修瓠子蕢臺詠漢皇風民免爲魚歎軍驚化鶴同勒銘三署裏歸槻五湖東我本稱無用因玆欲悟空徒悲子雲意垂老薄雕蟲

冬夜聞唐宜之往靈谷看梅却寄一首

寄室羣嫌冷空山獨探梅梅花如解賞爲爾一枝開病骨支危石閑情歷古苔推敲如未就莫便遇人來

病中對雪

平昔喜看雪茲晨清興違居然茂陵病臥掩洛陽扉動止與人異行藏如我非所思不但一絲只是思歸

又

坐中見雪落臥後聞雪消門庭寂而靜几案明以照尋遊限深逕獨立忌廻飆檢方孰爲善繹理自當超病與雪相值閒暇能終朝但願常如是始獲世人饒

賦得氷花

開花理或異鏤氷事信傳託根應水上逞艷在春前似鏡還舒椰無舟可採蓮倘逢虹箭發妖嬌私自憐

新雪覆殘雪

庭中非一雪日下後同雲弱質爲誰盡新聲如更聞竹青惟暫露月白信難分是物不相襍固自得稱文

隔雪美人和茂之作

晨粧時乍竟薄雪已庭櫓舞影疑廻袖歌聲似

陏簾春山偏隱隱玉手共纖纖目成如可遂履迹定無嫌

臘後同許無念小閣眺望

閑寒久不出今日聊暢情關逞山翠重春近雪花輕與子閣中望有人臺上行參差新草色轉盼復當生

送劉太守之承天

弟兄行欲盡心迹與誰雙臘酒辭吳苑春花入楚江　先皇來自代耆舊姓爲麗多病猶如此

蕭蕭對雪牕

送裴民部之維揚

三關昆近地兩載故鄉八月上蕪城夕潮生竹里春玉山行已遠瓊蘂吐何新獨有淹留客相思賦采蘋

雪夜書舊作貽郭聖僕

冬來書法廢袖手每嫌遲此夜燈前輿偏臨雪後池

夜靜同雙林上人看雪

客散夜已靜欲眠心不能庭中三尺雪相對一
孤僧

雪後兪仲素入山過別作此送之

雪罷一無事聞君清話餘殘年相見後開歲入
山初
山中有芳草何日不相思所有相思者山中一
見之
相約復何許多應在翠微但失一時信孤雲他
處飛

以子一日長閒居已數秋今云入山去我始娓悠悠

雪霽到清凉寺紹公房

積雪峰頭自渺湯渾如秋水漲平灘山僧住在竹房内寂寂經聲來處寒

雪中僧室絶無鄰只有千巖萬木春若謂此花元是雪花開畢竟屬誰眞

丁未初度對諸僧作

廬峰飛錫雲猶在京口浮杯浪幾層謾言純是

南宗侶還有燕山上谷僧

虛度浮生卅四年世情無日不相牽自家宿業難除去慚愧諸僧禮佛前

秦淮賦得明月照積雪送李伯達

秦淮有積雪明月復相臨鑒此亙無色泠然惟素心客程千里曠離思兩年侵應是惜知己尊前聊鼓琴

立春日天界寺萬松菴作

春日在城南新春便可探門前一池雪嶺上萬

松菴梅蘂侵晨放燈光半夜含邇來逢節序多半傍瞿曇

送卜司馬北上

避客山中久之官歲暮時應知司馬法不顧野鷗期騰盡淮南夜河明薊北澌所居猶閒闊何況遠相思

除夕江上同劉元丙奉常作

欣逢知已出東皐此日還當盡濁醪樓上望江何渺渺亭前送客自勞勞春花漫擬窺新綬寒

草依然戀舊袍不是疎狂能惕世由来此意近

風騷

金陵集卷之下終

金陵全書

乙編・史料類

金陵選勝

（明）孫應嶽 編著

南京出版社
南京出版傳媒集團

提要

《金陵選勝》十二卷，明孫應嶽編著。

孫應嶽，字遊美，號夢觀居士，生卒年不詳，江西大庾（今江西大余）人。據雍正《江西通志》卷五十五記載，孫應嶽生於明末，萬曆三十七年（一六〇九）鄉試舉人，曾任刑部司務，又曾任職於南京國子監。其居在南京之時，常車馬在道，探訪名蹟。尋訪歸來，遂對南京歷代名勝歸類編録，標舉其目，成書一十二卷。其友人松江華亭（今上海市）陳繼儒、姑蘇（今江蘇蘇州）申紹芳爲之作序。陳繼儒，字仲醇，號眉公，有《陳眉公集》，事蹟入《明史·隱逸傳》。申紹芳字青門，一字維烈，吴縣（今江蘇蘇州）人，明萬曆丙辰（一六一六）進士，學貫經史，初任應天府學教授，後遷南京國子監助教，與孫應嶽同僚。其人勤勉篤行，在任多有政績。此書由江夏人葛大同點閱。葛大同，字更生，萬曆二十五年（一五九七）鄉試舉人，見《湖廣通志》卷三十五。孫應嶽的兩位弟弟孫應崧、孫應崑亦參與此書之校訂。

《金陵選勝》共十二卷，依次爲山川、城闕、苑園、臺榭、泉石、橋渡、祠廟、刹宇、碑碣、品題、奇蹟、逸事，最後附《金陵人物略》。書前有《凡例十則》，詳述此書編例。本書從山川、城闕到刹宇、碑碣，所記均爲南京名勝和歷史遺蹟，一般皆先記地理位置，再述其來由與地貌風光，其特點有四。

首先，作者不拘泥於對名勝古蹟歷史之完整記載，而是以『選』爲主，幾乎根據以往史志資料，選取相關人事加以叙述。如《橋渡》《祠廟》卷中，幾乎每一篇中都有故事，或爲相關名勝之得名來歷，或爲發生在名勝古蹟之歷史事件，往往描寫生動，爲本書增加了趣味性。如記玄武湖，作者無意完整叙述玄武湖之歷史，衹選取南唐馮謐與徐鉉對話之事，而對於玄武湖之人文地理風貌，則全文選録明朝計弘道《過後湖記》一文以見之。

其次，作者亦不注重考辨。如瓦官寺迭經興廢，歷史悠久，作者衹説在《金陵梵刹志》中已有詳載，不必詳加考辨，并説『遊覽之餘，目睫千古，欲晰真似，反多一重公案』，大有『欲辨已忘言』之意。書中對青溪、莫愁湖等勝蹟之叙述，對不確定或有疑問之處通常一筆帶過，不作考證。

其三，此書不録陵寢墓宅一類名勝。南京爲六朝繁盛之地，亦是明朝首都，衆多王公貴族文臣武將生前居住於此，死後埋葬於此，其陵寢墓宅是南京重要名勝古蹟之一。孫氏所撰《凡例十則》云：『六朝陵闕，踪蹟銷磨，侯王君公，宅墓淪泯，指點迷茫，氏爵疑似，故篇中不具載』，至於『國朝宫闕陵寢，遊人遥瞻却步，府部省署戟第，非公不得回旋，罔敢濡毫，懼兹僭瀆』。這個理由似乎并不特别有説服力，因爲其他各卷中亦有不少名勝『踪蹟銷磨』，淪滅迷茫，甚至衹留其名，書中皆一一載録，爲何惟獨省略六朝及當朝之陵寢宅墓？要之，作者在『選勝』之時亦有政治考慮，故謹言慎行。

其四，書中分類較細，有些内容不免互有交叉。如山川卷中，鍾山、攝山等名山勝蹟尤多，其中一些名勝重見於其他卷中，如一人泉在鍾山，白乳泉在攝山，泉石卷詳寫一人泉和白乳泉，而山川卷於一人泉和白乳泉則點到即止，彼此照應，詳略互見。

《品題》一卷亦有特色。作者從《文選》、漢魏六朝詩選、《藝文類聚》《文苑英華》《唐文粹》《唐詩品匯》《宋文鑒》、李杜全集、蘇軾集、王安石集等文學作品集和《景定建康志》《金陵世紀》《金陵梵刹志》《金陵舊事》《金石目考》《金陵瑣言》等地方志乘中，整理出南朝至宋代品題南京名勝古蹟之詩及其作者目録，雖然未録詩歌全文，但提供了一份有關南京的詩歌清單，對開展南京地方文學研究很有參考價值。將這些品題作爲南京之『勝』而選入，亦可見作者眼光之獨特。

在凡例中，作者雖然説『金陵遺事，不乏野史』，『途説未可輕憑，與其無稽，寧甘挂漏』，但書中最後兩卷『奇蹟』『逸事』，所録即多此類無稽途説。《奇蹟》所記爲南京本地鳥獸草木、金玉土石之異，如『蔣廟靈應』『羊無後足』『安明寺樹字』『晋長明燈』等，可謂是一卷《南京志異》，光怪陸離，以異取勝，頗爲有趣。《逸事》涉及歷代帝王文人之軼聞雅事，如『梁武君臣贈答』『顏謝詞評』『紀瞻社稷臣』『二蕭雋語』『澄心堂紙』『蘇王鍾山詩話』等等，爲南京名勝增添許多風雅佳話，足以廣見聞，資談助。

總之，本書叙述較爲簡潔，不繁蕪，不煩瑣。作者以分類選録方式整理品評南京名勝古蹟，爲深入研究南京歷史文化提供了資料索引和指南。

《金陵全書》收録的《金陵選勝》以故宫博物院藏明天啓二年（一六二二）刻本爲底本影印出版。

成林

叙金陵選勝

昔班孟堅賦兩都張平子賦兩京蓋追惟祖宗豐鎬之盛自始且以侈其隆風弔古与生平瓌偉奇麗之觀志勝也

秦祖龍氏望見東南天子氣發使者輦白玉丹砂黃金以埋數瘞大茅山頂歸曰金陵

及

高皇帝始應運而出實繇二

百七十年耳園陵宮闕之盛
幾埒漢京都魏晉盛矣由
爾溯古蹟有標新領異一指
山川古今之勝杳有之自江
右游美孫以始以宏覽博物

嫻古文詞既掇賢書識者以
木天器人目之才高藝苦勉
就南雍猶士庶六館生類手
慶曰鄭虞陽城至矣公卿之
際激昂第蹇時運入山渡孔

陬俯仰歎息緋徊久之曰金陵不易遊即一切陳迹新舊志亦未易輕遊目也于是繁複者刪之使簡隱僻者撥之使奇叢萃遺冷者出之使傳

陳叙之

人間者其賞鑒勝蹟綴緣閱
汰勝而纖之致詩尤緣夫亦
志勝之一念也吾嘗笑禽向
五岳遊太奢宗少文卧而觀
之遊太儉今幸生東南頻

暇金陵諸山多奇絕甚不寐
並而輦轂諸貴人不肯去棄
明門一步地投發南書毋就
他局則文吏簿書佛法儀式
官簿苦惱貴安寡苦侶伴與
陳翁四

不業亦勇々不賈不豪間亦雅
欒綬騎從壺觴而出非徹侯
總師中常侍々雖攙朱樹則
耳目間之著名指摘而已矣
它遊也即遊不樂也自滿美

東隱先生撰選勝編數卷近遠皇明遠遡六朝巨至宮闕寢園細至剩水殘山化碑斷碣靡遺小遊靡遊不述好古

陳和子

撫籍而往好古者捫陰而覽
即至有騷情無緣與去不躡
霞不登臨不宿春不修騰程
鷺而翱翔於其嵩翠之中
跳蕩於顥氣罡風之表嘯孫

公爲之記時如子夫渠桃漱
擲金石游美公具有子荊興
公筆力不置論
華亭陳繼儒撰

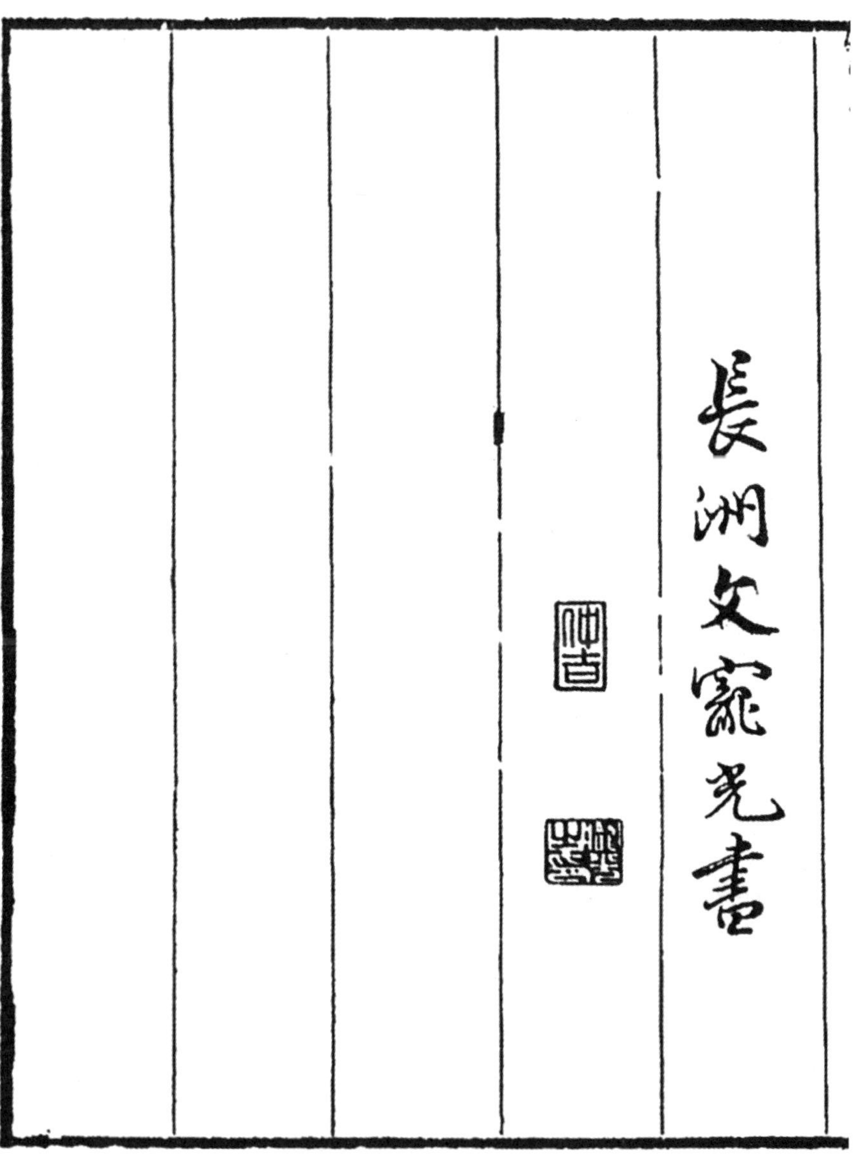

長洲文震孟書

金陵選勝叙

吾友孫公游羕者温儀玉粹姱行蘭芬逸氣旁流高情四達傾情六藝之圃忘味九德之衢摇筆雲飛咸

鷟夙構開椷海納究若前
闡士林比之鳳毛蕤苑方
之逸駟當其中隱略雍優
閒清署就楊雄而問字乞
李耳而著書蓋已皐席無

虛圜橋恒滿而又以建業
名都金陵勝地情深巖壑
興寄登臨坐望山川或燃
腊而暝寫平看原廟卽弄
墨以晨書故卽深岩窮谷

之中囿遺殫究小酉名山之副無不流觀爰薈一編名曰選勝肇自周覽川嶽閱歷郊圻閶郵得於耳輪抑鏡收之眼界辨鑒金之

謬獨表鍾靈窩啣土之奇
興懷考異廼若牛首之峙
天闕鷄籠之接覆舟潭號
烏龍洲名白鷺一島一嶼
大書特書展顧瞭如屈指

而數則山川之所由紀也
然而言時則有六姓千齡
之變言地則非秦基隋室
之遺故碁張府署柘外門
於两闗星違周衢指重城

之並峙以至嗤太極之。表

瑞斥壽陽之為妖露宿門

外而標達者之譚金鑠治

城而誅桀奸之魄想衣冠

於神虎尋宫殿於銅駝則

城闕之所由紀也御溝流
派抗鳳樓於内庭苑㯲通
堤接端門於天上豐蔬育
於中圃紫芋緑茄碩果挺
於華林珠懸綺布樂遊原

上存膾炙之篇章方山故
宮繹勞煩之孫響渠埭彩
色絲竹清音家藏畫舟户
閉烟浦則苑園之所由紀
也新亭灑淚征虜留題臨

春結綺望僊空遺跡於荒
榛蔓草子隱昭明文辠企
高風於斷石頽垣一記閱
江匯張雄麗十樓連市競
鬬韶妍則臺榭之所由紀

也井號臙脂汲轆轤不堪
飲馬水移功德出阿耨久
矣瀶龍臺城有三品之階
秦淮辨六字之異林閒片
石介留到溦之名苑内一

卷醉託垂崖之號則泉石之所由絕也至於里巷之新名或璨璨於簡策閭閻之近華或渺渺於傳訛絲作者之遠謀徵詩人之佳

況春冰解而降水潦秋露
下而壯淩澌入巷而閙烏
衣登橋而咏白鶴賃春廡
下分吴郡之伯通明月吹
簫妝揚州之杜牧斷虹偃

蹇雜沓輪蹄此橋渡之所
由紀也若夫玄化賁紀金
華息墟天平地成而神道
勛貞皇極帝力而神道勛
亶於是有祠廟之紀緇廬

黄宅梵宇琳宫覺樹交芬

祇林並茂當歡喜之地而

下壁象跡雜莊嚴之境而

上接鞞歌於是有刹宇之

紀秦碑漢碣鳥跡虫書齋

咢看銘魯戈考象其或圖
物命篇聯珠唱玉研情比
象千載如逢審韵諧音同
聲則應於是有碑碣品題
之紀公僑慱物茂先識名

石不能言圖非空出荀非
妖異卽是嘉祥而書有亡
簴文有隧簡訪史莫知走
朝罔閒故雖汲冢遺篇亦
佐揮毫騤還齋東野語聊

供濡翰淋漓此奇蹟逸事
所以並紀而不遺者乎又
附以人物分其世代詳其
爵里姓氏表其宦轍覊人
代不數人人不紀事以待

弔古者之自考焉是書也
公漁藝獵稗自春徂暑如
衆壑合注瀠為大川群山
出雲混成一氣莫不詢謀
達識取揆宏襟言必造微

辨無不析自我心極為之
宰匠而又播興超峻緯體
綿密鋪舒名實藻縟文采
片言小嚳無非奥府故當
虚室燕居拱袂披對舊都

之勝盡在几席睎夫蠟登
山之屐棹泛浦之舟役形
神窮轍跡者又不可並軌
而論勞逸矣且其刪數志
之煩綜群言之要才識以

潤之韻致以動之窮地而
述次時而載理通皦昧事
極弘纖使覽者明乎得失
鑒乎興替發揮造化之微
鼓盪江山之氣轥轢前古

昭彰後葉則豈徒幼輿丘
壑少文冊青由近通遠以
智爲樂如卧遊一室之觀
哉郎其聳高鴻筆不煩後
世子雲價重鷄林寧少當

年皇甫而徵言菲陋謬測
高深欲贊一詞退讓三舍
尋玄珠旣莫究其倪域聽
希聲亦莫窮其高下第以
珍覽靡歇歎味無窮聊抒

繭毫用為糠粃若云足以
黼黻乎卿雲而芒耀乎化
日則吾未之敢承矣
壬戌六月日躔鶉火之次
寅社弟申紹芳題

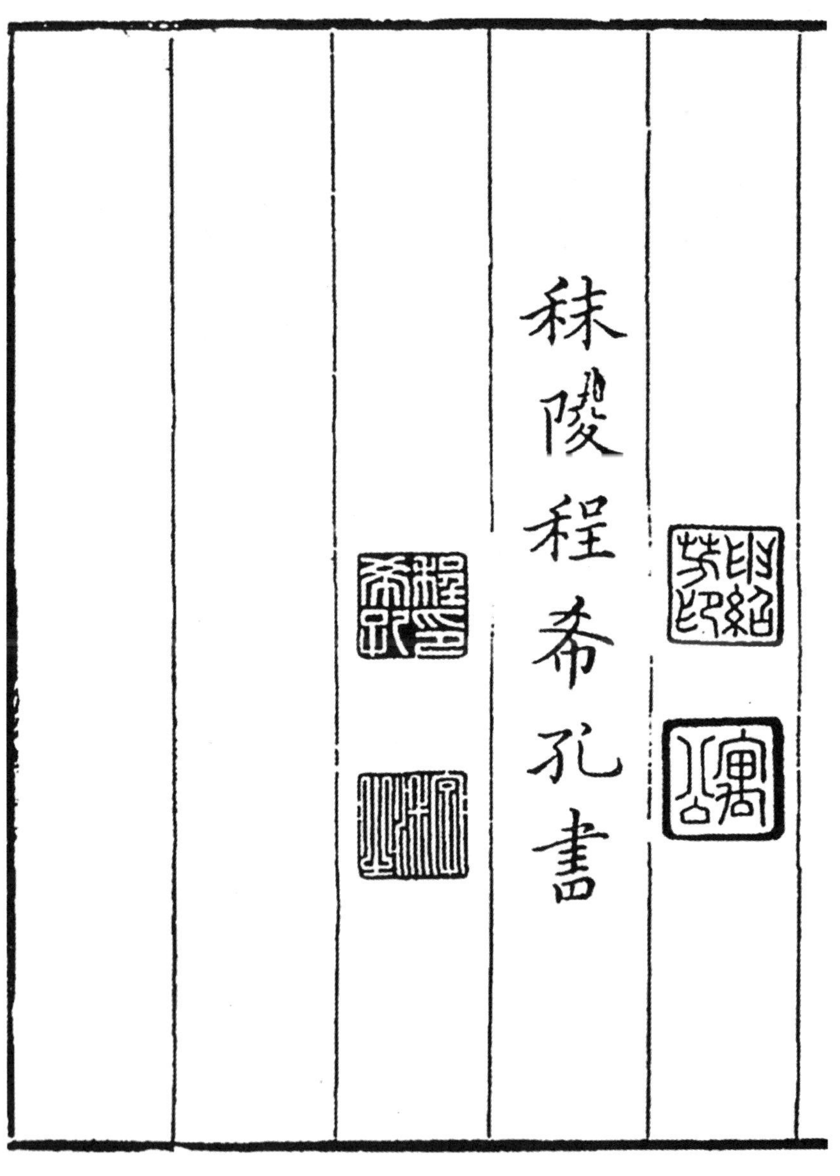
秣陵程希孔書

金陵選勝全目

凡例十則

一金陵佳麗自古云然六朝迨今興替殊象往有金陵古蹟編六朝建康志十數種代遠言湮徒存想像元人新志一書纂緝可觀而侈譚勝國未免刺目近代南畿應天等志已自燦然選勝云者聊當臥游故不備悉

一南畿志通紀全畿應天志詳括各邑上元江寧二志偏載分疆治城内外奇勝繡錯未經

標舉似屬闕如且諸志汗青繁複寓目爲艱諸勝隱顯殊塗覽眺難徧欲快游蹤謬以臆裁

一六朝陵闕蹤跡銷磨侯王君公宅墓淪泯指點迷茫氏爵疑似故篇中不具載

一國朝宮闕陵寢游人遥瞻却步府部省署戟第非公不得廻旋罔敢濡毫思滋僭瀆

一六朝偏霸詳見全史

昭代龍興具存實録名儒碩輔忠義隱逸各志能言之但美遨遊止譚風雅未敢贅入

一篇名選勝無取該繁稍寓詮裁用資游目地以人勝不厭空留其名游以韻豪無妨過存其事其或臨風灑墨停雲揮麈神理斯存不朽咸托庶乎荒煙衰草感慨依然謝屐郗驂探尋有待云耳

一山水幽奇半歸梵刹高僧錫卓名士玄綮中

間遷徙靡常名署莫定總之泉石爲主人天

芸盟聊寫其槩以當圖畫

一前代碑碣具存甚稀名人詞章禿顈難悉著者存其什一亡者寓之標題目存神往或可助遊興萬一

一是篇所載止徵紀志諸編近代名公未遑徧加搜采加以濟勝無具屐轍弗周疎陋寡聞訂裁多舛惟是餘閒聊以代奕猥云載筆則

吾豈敢

一金陵遺事不乏野史第迹涉荒唐則譎詭無據語流蕩冶則溱洧導淫總之塗說未可輕憑與其無稽寧甘掛漏若乃是正迷謬補葺遺亡以俟博雅君子

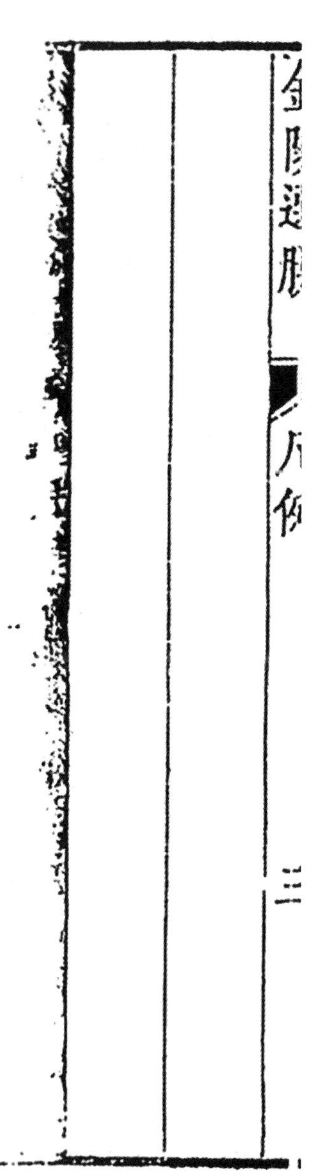

金陵選勝卷之一

大庾孫應嶽游美編著
夏汭葛大同更生點閱
姑胥申紹芳寓公裁定
弟 孫應崧仲瞻
孫應崑叔原 仝訂

山川

鍾山　覆舟山

雞籠山　石頭山

土山　三山

聚寶山　觀音山

攝山　牛首山

燕子磯　金陵岡

謝公墩　秦淮

玄武湖　燕雀湖

莫愁湖　青溪

西浦　　烏龍潭

白鷺洲　　蘼蕪澗

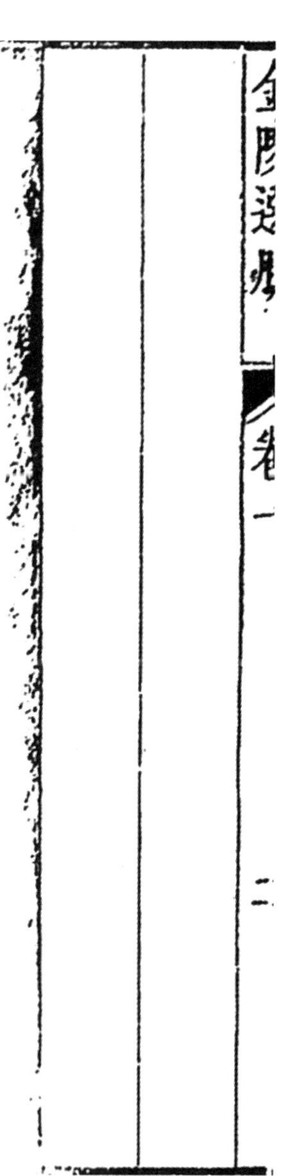
金陵選勝　卷一　二

山川

鍾山

金陵鎮山武矦所謂龍蟠者是舊名蔣山以漢尉蔣子文故吳大帝避先世諱因名焉自明興定鼎卜陵易名神烈而王氣始驗金陵紫金之號埋金鑿金之説均無庸辯大都鍾字從金或曰靈所鍾也近之矣是山也宋劉勔棲息於南雷次宗招隱於西齊周顒徑隱於

北梁昭明築臺於岩曲水修禊之宴松枝代塵之談皆六朝盛事中有太子岩栽松峴楊梅岩頭陀緣屏風嶺道士塢道卿岩獨龍阜玩珠峰孫陵桂嶺巖谷曠邃巒峯崒嵂岡坡迴薄陂陁逶迤松巒則豹攫虬盤樹深則鴿號鶴唳朝暉夕陰烟霞萬狀都城四望紫氣葱蒨眞善畫者莫能圖巳奇蹤遺跡名刹靈泉雜見篇中然多在

陵内垣禁甚嚴非游人可遍歷云

覆舟山

以形肖名北臨臺城後湖西接雞鳴寺南眺國學教場諸勝宋孝武鮑照有詩晚晴藉草俯瞰城闉煙靄葱蘢足當佳景

雞籠山

覆舟山西上有誌公浮圖瞷臺城玄武湖梵宇幽勝左有觀象臺最高頂俯眺城闕宋元

嘉時於此山立儒館居雷次宗高帝從授禮及左氏春秋竟陵王子良嘗移居山下集四學士抄五經百家爲四部要略千卷今建辟雍山之下亦其遺意

石頭山

在城西二里卽楚金陵地吳晉時江在其下爲險要必爭之地自江北來此山始有石因名焉形不甚峻故武侯謂之虎踞溫嶠陶侃

輩于焉著蹟李太白有詩

土山

舊志在東南二十里一名東山云會稽有東山謝安築此擬之嘗立樓館雜植竹樹每攜中外子弟往來游集苻堅入寇時與從子玄圍棋賭墅即其地金陵志載李白李建勳皆指土山作謝眺屬文梁蕭正德築基大都代遠迹迷不可指據矣太傅韻超千古名亦高

千古金陵是處藉勝何必拘拘按索

三山

雖在大江數十里外而積石森鬱三峰台列

冶城極目偉然㒃瞻晉王濬伐吳舟過三山

即此謝眺李白詩俱千古絕唱宋陳堯咨泊

三山磯有老叟相告明當暴風公毋渡來日

果爾公方驚歎叟復至云某此江遊奕將也

公貴極人臣故當相護公曰何以爲報叟曰

願得金光明經資其力稍得遷轉公郎與三部連遷數秩見翰府名談世間福德人鬼神呵護理應然耳

聚寶山

在雨花臺北上多細石紅黃白色如瑪瑙精明可愛登亦花雨遺色耶東坡得齊安恠石以供佛印者想像似之令高座道人而在正當以此石作供

觀音山

北濵大江東西諸山形如屏綺皆懸崖削壁突出江滸水勢濆急有大士巖架閣其上勢極危峻凌空遠覽固足大觀

攝山

城東北四十五里輿地志云山多藥草可以攝生爰取字義一曰繖山象形也乃登中峰絕頂羣山皆伏其下則統攝之意庶幾近焉

此山獨中峰最高有中峰澗千佛巖隨石勢大小鑿佛千餘紗帽峰天開岩落星山唐公岩疊浪岩紫盆峰明月臺虎洞石房醒石珍珠泉諸勝陳軒金陵集有懷攝山十題曰白雲菴清風軒唐公巖天開岩宴坐臺中峰澗明月臺品外泉醒石磬石餘詳棲霞志

牛首山

城南二十里以形得名雙峰秀峙正對晉宣

陽門故王導指爲天闕梁武於石窟下建寺
佛經所謂江表牛頭是也由山檄起石磴數
百級杉檜行列而上東南爲劉宋郊壇有兜
率岩雪梅嶺文殊辟支二洞白龜飲馬二池
虎跑錫杖太虛三泉岳武穆曾拒兀朮於此
有寺名弘覺其勝與棲霞相埒俗傳
太祖牲牛首雙峰不北拱乃杖之意恐是訛辯
者謂天地間萬山環列江河四繞其中則堪

興也此牛負而載之宜其南向亦影響之談

又傳

武宗南廵駐蹕此山江彬有異謀山靈夜吼瑣事謂夢僧驚呼動衆一時權借山吼以釋僧罪大抵彬逆謀欲乘空山之間亦未可知安得謂山無靈耶

燕子磯

在觀音山右有石臨瞰江水如燕怒飛波濤

瀆激上有武安王祠

武宗南廵見夢修葺大觀亭俯江亭皆甃磴引綷而上與寺參差競爽江中望之丹崖翠壁朱闌碧樹歷歷如畫

金陵岡

在龍灣相傳始皇埋金人誘人鑿之有山南山北富了一國之碣其愚如此詳見景定志

金陵辯

謝公墩

相傳爲安與羲之同登悠然遐想之地謝靈運賦視冶城而北矚懷文獻之悠揚即此後人因王荆公有我屋公墩之句遂指在半山寺一云寺在康樂坊謝家子弟居之緣以爲名似屬鑿空夫問樵樵不知問牧牧不言荆公直寓言感慨耳詎得謂自疑之耶李太白詩云冶城訪古迹猶有謝公墩今冶城北二

里有山亦名謝公墩大可證據府志云地據
冶城之勝今止存一徑梵剎志直指在今永
慶寺右數十武形不甚高可以遠矚總之當
以靈運太白之言爲是昔人謂荆公喜爭在
朝與司馬諸賢爭新法在野與人爭棊在金
陵與謝太傅爭墩固是雅謔然兩公矯情處
亦略相當焉用爭而後人亦何必代爲之爭
耶

秦淮

厥源詳舊志孫盛晉春秋云秦皇所鑿王導令郭璞筮即此淮也本名龍藏浦支流屈曲不類人工六朝建都咸倚之爲固水經大中淮清武定鎮淮飲虹諸橋透迤二十餘里夾岸倩樓畫舫酒旗歌館羅列掩映花朝月夕士女冶游不絕猶有六朝遺風焉誦杜牧之烟籠寒水之句則不覺令人銷魄

玄武湖

以黑龍見得名卽今後湖周數十里山川如畫六朝舊跡多出其間南唐時馮謐援賀監鏡湖事欲乞此湖徐鉉曰主上尊賢下士豈惜一湖所乏者知章耳馮大慙 國朝設庫儲天下戶口圖籍非典守者不得輕入而六朝淸賞之事杳然矣正德年戶部主事計弘道有過後湖記略云凡過湖必出太平門外

命舟行可七八里許一望渺漫光映上下其嵯峨霄漢峙乎東南者鍾山也如屏如幃在西北者幕府山也巒岡偃蹇松森其上者覆舟山也殿閣參差浮圖聳空者雞鳴山也東西一帶列如懸榜者臺城也崚嶒冐水而出者島嶼也傍覩三法司隱隱錯落雲水之湄其中芳洲星聚烟花錦絢鳧戲鷗浴魴泳鯉潛荇藻牵舟荷香襲韻咸屬佳境其或驚風

駭浪亦時令人神悚昔歐文忠公云錢塘莫美於西湖金陵莫美於後湖然西湖之景游冶必趨後湖有禁非公不得入焉云云竊謂六朝荒㶊正屬嬉游桂子荷花爰啓邊釁高皇之禁厥慮深遠矣特詳著之俾探奇莫適者宛然在目云

燕雀湖

一名前湖或曰白蕩今爲

大内梁昭明在東宫時寶一琉璃盌紫玉杯遂瘞梓宫後更葬日閹人竊入大航有燕雀數萬擊之爲所司擒獲帝聞驚惋以賜太孫封墓之際燕雀仍羣集銜土因以名湖嗟嗟昭明埋玉尚作如許恠異想見香魂未散文心飛動凛然猶有生氣

莫愁湖

石頭城西麗人盧姓字莫愁家居湖上古樂

府云莫愁在何處住在石城西艇子打兩槳催送莫愁來吳融詩云莫愁家住石城西月墜星沉家到迷蘭棹一移風雨急流鶯千萬莫長啼鄭谷詩云石城昔爲莫愁鄉莫愁魂散石城荒好事者多植芰荷其中游舫蕩漾今爲勝地何物女子芳名到今視麗華孔嬪輩反覺天壤然古歌有莫愁女洛陽人說者謂莫愁石城楚亦有之然亦不必深辯

青溪

吳赤烏四年鑿東渠名青溪通城北塹潮溝洩玄武湖水南流接於秦淮楊吳城金陵青溪始分爲二舊有七橋潘岳江總等名族並居其處溪九曲晉郗僧施泊舟溪上每一曲作詩一首謝益壽聞之曰青溪中曲復何窮盡周伯仁還朝泊溪上時大暑雨舟隘漏濕無坐處王茂弘過之曰胡威之清何以過此

至趙宋止存一曲今則通塞半游人知有秦淮不知有青溪矣祠亭尚存可以懷古

西浦

在城西昔桂陽張碩遇神女杜蘭香於此有詩云天上人間兩渺茫不知誰是杜蘭香來經玉樹三山遠去隔銀河一水長洛神巫夢想有所托

烏龍潭

近清涼寺相傳有烏龍見故名波光搖漾魴鯉潛游放舟迴旋鷗鳧不亂東岸有疎欞畫榭曲徑幽亭花樹蘢葱禽鳥棲詠舍筏藉草泛月臨風大是佳境

白鷺洲

西南大江中太白詩云二水中分白鷺洲卽此雖在江心遊人罕至而太白留名千秋不泯試眺鳳凰臺上白鷺依然眼中長安不見

眞是使人欲愁耳

蘼蕪澗

舊志云齊處士劉瓛居此瓛爲儒林之宗仕至四十不娶其友爲婚王氏乃詣澗采蘼蕪而去據古詩云上山采蘼蕪下山逢故夫兹云采之而去瓛乎王乎當必有分

金陵選勝卷之二

城闕

越城　冶城

金陵邑城　漢丹陽郡城

吳都城　金城

西州城　臺城

南唐城　太極殿

含章殿　芳樂殿

靈和殿　五明殿

求賢殿　石闕

神虎門

城闕

越城

志云范蠡欲圖霸中國城於金陵在秣陵長干里今聚寶門外報恩寺西遺址猶存俗呼越臺西北爲陸機宅其入晉懷舊賦云望東城之紆徐郎此唐竇鞏詩傷心欲問前朝事惟見江流去不回日暮東風秋草綠鷓鴣飛上越王臺計然志大謀遠霸越吞吳猶賈餘

勇遂啓六朝之釁誦此詩令人感慨

冶城

相傳吳王夫差鑄劒處或云孫吳即今朝天宫地晉王導疾方士戴洋曰君本命在申而申地有冶金火相鑠不利遂移冶于石頭城東以其地爲西園嗟嗟王敦之逆導陰與謀觀其欲拔太眞之舌而使敦殺伯仁情狀昭昭千古同憤乃欲以五行移置一冶而緩須

臾之命也愚夫

金陵邑城

卽石頭城今石城門近淸涼門處楚威王滅越私吳越之利擅江海之富置金陵邑於石頭因山爲城因江爲池最號險固梁武何遜皆有詩劉禹錫云山圍故國潮打空城卽此

漢丹陽郡城

吳苑記云長樂橋東一里南臨大路長樂卽

今武定橋東南有長樂巷漢元封建安中始徙治建業晋太康中築宋齊梁陳因之

吳都城

據覆舟山下東環平岡以爲安西城石頭以爲重後帶玄武湖以爲險前擁秦淮以爲阻周廻二十里時都城皆設籬曰古籬門試登覆舟山頂一望光景曠蕩真堪憑吊六朝風物宛然目睫矣

金城

一云卽琅琊城一云在金陵鄉吳後主寶鼎二年於金城門外露宿迎神卽此後主寶鼎江東之金城種柳後北伐還過見晉桓溫鎮悽然嘆曰樹猶如此人何以堪攀柳已十圍然流涕蔡宗旦金城賦云遊金城枝折條泫種柳之何在嗤吳王之信巫乃露宿於門外可稱達者之談

西州城

今朝天宫西州橋是謝安鎮新城經略粗定自海道東還雅志未遂復入西州城慨然自失遂遇疾篤羊曇素爲安所愛重後以安逝輟樂彌年行不由西州路嘗因大醉不覺到州門左右以白曇悲感以馬策扣扉誦曹子建詩云生存華屋處零落歸山丘因慟哭而去東坡詞有云西州路不應回首爲我沾衣

卽此安之豪邁曇雲之高誼依然可想

臺城

一云苑城本吳後苑今雞鳴寺後有城基碑曰舊臺城未審是否緬懷梁武被弑其地不覺淒怛

南唐城

楊吳順義中築徐溫改築西據石頭卽今石城三山二門南接長干今聚寶門東以白下

橋爲限今大中橋北以玄武湖爲限今北門橋遺址歷歷皆可睹記

太極殿

建康宫大殿也謝安造時偶缺一梁忽有梅木流至石頭城下構成畫梅其上以表嘉瑞安欲令王獻之題榜引韋仲將懸凳書凌雲臺額諷之獻之正色曰仲將大臣豈宜爾爾儻然知魏德不長矣遂止郭景純箴云一百

一十年此殿當爲奴所壞後梁武毀武捨身爲奴也夫畫梅表瑞未免獻諛不書殿楣庶稱得體景純所筮固自不爽安知今日之茫然無攷乎

含章殿

宋孝武造帝女壽陽公主人日卧殿檐有梅花落主額成五出拂之不去經三日洗乃落宫人奇其異競效之作梅花粧花妖乎人妖

乎遂成佳話

芳樂殿

齊東昏大起芳樂玉壽諸殿以麝香塗壁刻畫妝飾窮極綺麗後宫服御極選珍奇民間金寶價皆數倍建康酒租咸使輸金尚不足用鑿金爲蓮花貼地令潘妃行其上曰此步步生蓮花也昔秦皇令宫人靸金泥飛頭鞋侈不過此開後代弓彎之飾

靈和殿

齊武時益州刺史劉浚獻蜀柳帝命植殿內三年柳成枝條柔弱狀如絲縷帝與公卿宴賞嘆曰此柳風流可愛似張緒少年時柳比男子僅此吁一柳耳桓以驚老帝以美少真情逐境生乎哉

五明殿

梁大通中有四老鶉衣躡屩入建康里踰年

莫有識者帝召入賜沐衣以御衣爲昭明太子所重目爲四公子遂移入五明殿會魏使崔敏來聘敏夙稱博贍帝遣十人於殿中推論三教百家九流六籍五運幾十旬敏負詘喪神歸卒四人姓名詭異難敏者側脣也當是昭明助勝爾

求賢殿

後主皇后沈氏居之后字務華端靖好學孔

貴嬪寵后無愠色惟事佛書典籍詩賦名畫而已後主薨自作哀冊文詞甚酸楚其亦賦紈辭輦之流歟而後主冥然景陽之辱有自哉

石闕

晉元帝欲於宮前立闕衆議未定王導指牛頭山爲天闕不須更立孝武始於博望立雙闕梁置石闕端門外陸倕銘曰象闕之制其

來已遠或以聽窮省冤或以布治懸法或表

正王居或光崇帝里晉氏浸弱宋歷威夷乃

假雙闕于牛頭托遠圖於博望有欺耳目無

補憲章此語可垂鑒來者今上元志所載銘

詞皆作讕語可訝

神虎門

一曰神武門宋傅亮直中書省見客神虎門

外每旦車滿百輛齊陶弘景爲高帝諸王侍

讀奉朝請旣而脱朝服掛門上表辭禄詔許

之呼貞白先生眞幾先者哉

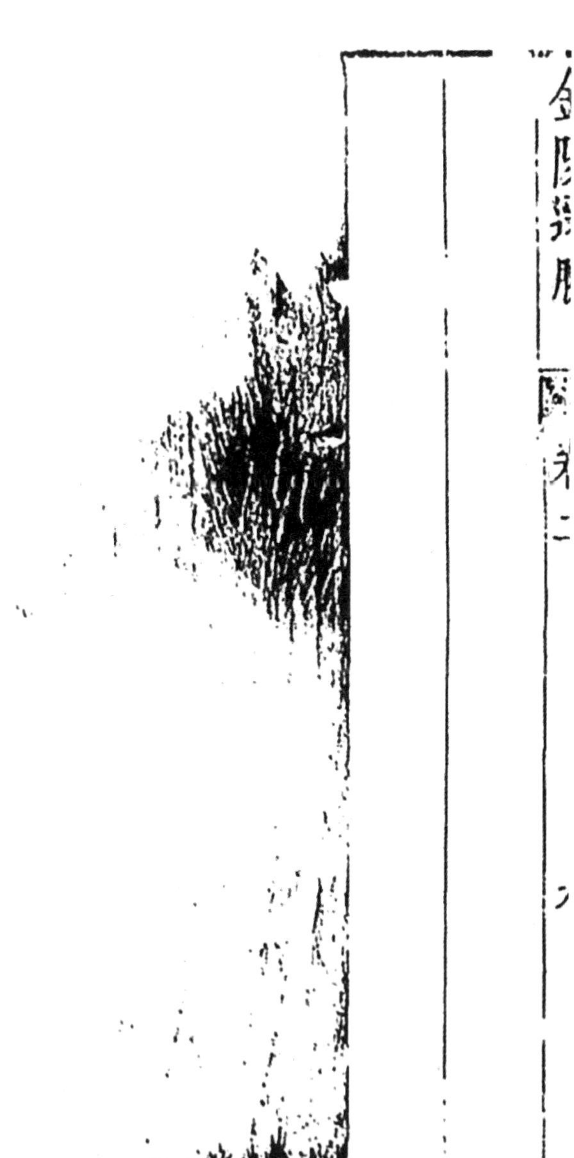

金陵選勝卷之三

苑園

樂遊苑　方山苑

芳樂苑　華林園

玄圃　沈約郊圃

東籬門園　王騫墅

柳元景菜園　半山園

西園

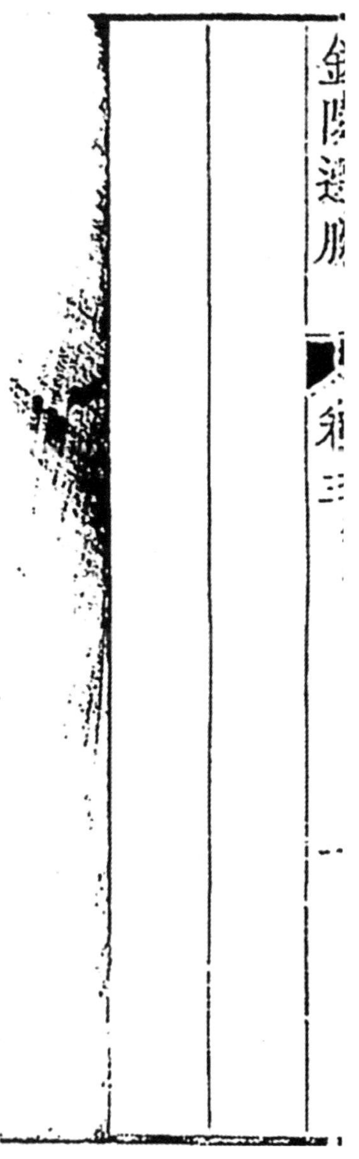

苑園

樂遊苑

寰宇記云在覆舟山南晉爲藥圃宋元嘉中更造樓觀其上改今名帝與羣臣禊飲顏延之范曄劉苞丘遲沈約應詔賦詩顏延之爲序齊永明中有芳林苑傅在青溪禊飲賦詩亦如之凡四十有五人王融爲序所謂粤上斯巳維暮之春載懷平圃乃睠芳林是也嗟

嗟君臣宴樂可謂盛事乎哉獨有延之等篇章膾炙千古

方山苑

在方山側齊武帝於方山盛起樓臺謂徐孝嗣曰立離宮於此故勝新林孝嗣對曰繞黃河欵牛首漢之盛事然江南久曠民亦勞煩帝乃罷之孝嗣此對故是六朝孤響

芳樂苑

齊東昏即臺城閱武臺爲之山石皆塗彩色跨池水建紫閣諸樓觀又於苑中立店肆以潘妃爲市令又作土山開渠立埭苑中時百姓歌云閱武臺種楊柳至尊屠肉潘妃沽酒王僧孺詩詇佞可鄙反不如市井俚謠

華林園

在臺城内吳舊宫苑晉簡文過園中謂左右曰會心處不在遠翳然林水使有濠濮間想

覺鳥獸禽魚自來親人宋何尚之見造此園
在盛暑時諫宜休息不許齊高帝遊園褚彥
回彈琵琶王僧虔鼓琴沈文季爲子夜吟王
敬則舞䥍王儉獨跽誦封禪書帝曰此盛德
事吾何以堪武帝子巴東王嚮旣誅久之過
園見一猨跳躑悲鳴問左右曰猨子前墜崖
殞帝嗚咽不勝此一園也會心數語似超名
理當暑一言庶幾佩䕶餘自哀樂常情獨彈

琵琶諸人面目可憎耳

玄圃

在臺城北齊惠文太子性奢麗宮中多雕飾精綺過於王宮開拓玄圃樓觀塔宇多聚奇石妙極山水有明月觀婉轉廊徘徊橋慮帝望見列修竹施高障造遊墻數百蔽之昭明於圃中立館延朝中名士俟執稱此中宜奏女樂昭明不答誦左思招隱詩何必絲與竹

山水有清音軌大慙因有詩云兹樂踰笙磬
寧止消悄悒吁文人心地自淨小人枉却作
穢語

沈約郊園

在鍾山下約詩云郭外三十畝欲以貿朝饘
繁蔬既綺布窖果亦星懸謝朓和之韻俱清
絕如過其地定當爲沈郎拈一瓣香問園中
寒瓜秋菰紫茄綠芋初菘時韭尚堪一嚼否

寒瓜等皆休文詩中語令人朶頤

東籬門園

在東城籬門內何點世倚佛居此園孔德璋爲築室豫章王嶷命駕造點從後門遁去竟陵王子良聞之曰豫章尚望塵不及吾當望岫息心後點在法輪寺子良就見之點角巾登席子良欣悅無已遺點嵇叔夜酒杯何景山酒鎗園有卞忠貞墓點植花墓側舉酒必

酹之今祠恐其地嘻點不知有豫章竟陵獨知有卞忠貞豈隨世佞佛者耶酒杯酒鎗之遺亦有所諷也夫

王騫墅

騫有舊墅在鍾山八十餘頃與諸宅及故舊共佃之嘗謂人曰我不能爲鄭公業有田四百頃而食常不周以此爲愧武帝於鍾山西建大愛敬寺騫墅在寺側者卽王導賜田也

帝宣旨取之鶱曰此田不賣若勅取亦不敢言帝怒評價取之夫先人賜田不可賣而亦可賣易田爲寺可以買而不必買今安在哉此未免通人之惑

柳元景菜園

元景不營產業秦淮南有園數十畝守園人鬻菜得錢三萬送完宅元景怒曰菜以供家人啖耳乃爭百姓利耶以錢給園丁噫蔬利

幾何奚爲作學究酸語

半山園

在報寧禪院東荆公所營有詩示蔡天啓備述其事謂今年鍾山南隨分作園圃又次吳氏女子詩註云南朝九日臺在孫陵曲街傍去吾園數百步今想在靈谷寺道旁半山詩文奇峭簡遠與歐柳爭勝自不得以人廢言乃在金陵捨宅爲寺欲洩玄武湖水以收漁

佃之利皆是其性拗癖處

西園

舊志云桓溫築一云王導徙建今亦有西園在鳳凰臺南　國朝中山王裔所創巒樾靚深靈區奥邃芳亭華館透迤層疊故雖不出城市而景物娱人若在世外若其蔚花木以養風烟紆丘壑以躋霄漢疊峦岑以象蓬島騁目幽懷景與神會其最奇者六朝松石榦

古色蒼盤虬叅漢雲根霜骨蘚篆露鈎眞神物也城中此景可甲金陵他又有太傅園息園冶城北園逕園快園鳳臺園市隱園問春園皆稱勝蹟載在世紀近日更有名園數處耳目最著故不具載

金陵選勝卷之四

臺榭

鳳凰臺　昭明書臺

雨花臺　周處臺

郭文舉臺　新亭

征虜亭　景陽樓

臨春結綺望僊三閣

孫楚酒樓　百尺樓

澄心堂　　鄭介公書堂

淸溪圖亭　　閱江樓

十四樓　　木末亭

憑虛閣

臺榭

鳳凰臺

在城南杏花村東北宋元嘉中秣陵王覬見三異鳥文彩五色音聲諧和衆鳥附翼羣集時謂之鳳因臺其上至今猶可登覽誦太白詩眞可謂鳳鳴絶響矣

昭明書臺

傳在鍾山寺後高峰上吴越間數處皆有昭

明書臺之號獨此想爲眞蹟以宮城咫尺故耳文選一編可與經籍爭耀宇宙文人精光山川倚重如此哉有文孝廟在淮水傍

雨花臺

在城南聚寶山據高阜最高處俯瞰城闉四極在目梁武時雲光法師講經於此天爲雨花丹陽記云潤州之甘露姑孰之凌敲建康之雨花皆江南登覽勝地臺畔有高座寺中

孚塔雲公松曲徑紆廻竹樹葱蒨幽閣淨室香風襲人風和景霽攜壺藉草士女雜沓可堪圖畫欲問雨花時光景故當從耳熱後參

周處臺

子隱仕吳爲東觀左丞臺在城東南遺址尚存少時馳騁田獵不修細行爲鄉人所惡比之南山虎長橋下蛟子隱憤激乃入山射虎入水搏蛟入吳尋二陸厲志爲善築此臺讀

書後死難謚孝侯大都豪杰之士一變必殊絶如子隱者可謂虎變蛟變也已夫世之跅䟤失檢者可以曹惡自棄乎哉

郭文舉臺

宋志天慶觀太乙殿即文舉書臺處舉爲王導所重築臺於冶城處之舉時手探虎鯁導問其故舉曰情由想生虎之殺人由吾有殺心故也嗟導之逆心文舉燭照久矣

新亭

在城西南十五里近江渚今石子岡是晉過江諸人每暇相邀出遊藉卉暢飲周伯仁中坐歎曰風景不殊舉目有江河之異皆相視流涕王導愀然變色曰當共戮力王室尅復神州何至作楚囚相對泣耶桓温來朝屯兵亭下召王坦之謝安坦之倒執手板安神色自若發其壁後置人温爲却兵咲語移日甚

矣導之色莊小人之尤者也此時已有殺伯仁心矣王文成托夢景純而發其奸可謂口誅于千載之下簡文帝陰鏗遊亭有詩

征虜亭

在石頭塢以安石得名李太白有詩昔何尚之遷吏部郎歸省送別冶城及至郡父叔度謂曰聞爾此來傾城相送此是送吏部非送彦德也昔殷浩作豫章送者甚衆及徙東陽

親舊無復相窺者此語極勘破世情夫世之不送吏部不似殷浩親舊者能幾人苟胸中無吏部兩字送可不送亦可任他送不送無不可

景陽樓

一名紫雲以孝武時有卿雲見齊武帝置鐘樓上令宫人聞鐘起粧聞雞聞鐘殆盛衰異響矣當時樓下未知有胭脂井否宋文帝劉

義恭王僧孺皆有詩

臨春結綺望僊三樓

陳後主建高數十丈並十數間窗牖戶壁欄檻之類皆以沈檀爲之飾以金玉間以珠翠外施珠簾內設寶帳服玩瑰麗近古未有其下積石爲山引水爲池植以奇樹雜以花藥後主自居臨春張麗華居結綺孔龔二貴嬪居望僊並複道交相往來使女學士與狎客

賦詩采其尤艷麗者爲詞被以新聲曲有玉樹後庭花臨春樂等麗華聰慧有神采嘗於閣上靚粧臨檻飄若飛僊有女學士袁大捨作詞諷之劉夢得詩云臺城六代競豪華結綺臨春事最奢萬戶千門成野草只緣一曲後庭花每憶當時朝臣曾不及一袁氏女

孫楚酒樓

相傳在莫愁湖東李白玩月此樓達曉歌吹

日晚乘醉著紫綺裘烏紗巾與酒客數人棹歌秦淮往石頭訪崔四侍御有詩樓自孫楚建時詎無遊人嘯咏直至數百年後始以太白著稱飲酒人固不易得

百尺樓

南唐主於宮中剏高樓召羣臣觀之衆皆嘆美蕭儼曰恨樓下無井耳問其故對曰恨不及景陽樓耳唐主怒貶於舒州儼此對視六

朝諸臣當置之百尺樓上

澄心堂

李後主藏經籍招文士撰述之所澄心堂紙極佳至今猶倣之後主善音律詞家稱作手一時江南才人如徐鉉兄弟輩濟楚咸集相共倡和與酖湎聲色者差别

鄭介公書臺

介公隨父任江寧讀書清涼寺荆公聞其篤

學因郗陽楊驥語之曰鄭監稅子讀書寺中聞其名可一相就驥往值大雪以酒食會晤介公賦詩有漏隨書卷盡春逐酒瓶開荆公大稱賞明年舉進士公相見甚厚後屢諫青苗被謫可惜一荆公知介公以詩耳乃其折節寒士自不可及介公嘗持一拂有一拂先

生祠

清溪園亭

舊志溪西自百花洲入有亭曰放船曰四望曰玲瓏曰撐綠曰剗青曰蒼雪有池曰玻璃頃曰金碧堆曰錦繡段有橋曰鏡中堤曰萬柳徑曰添竹曰香遠名極雅致圃中光景可令人想

閱江樓

高皇帝建御製記末云此樓之興登欲玩燕趙之窈窕吳越之美麗飛舞盤旋酣歌夜飲實

在籌謀以安民壯京師以鎮遐邇今樓成矣碧瓦朱楹簷牙摩空而入霧朱簾飛風而霞捲倚雕闌而俯視豈不壯哉大哉王言真可與典謨爭烈不第龍盤虎踞增高矣

十四樓

洪武中建金陵市樓也據楊用修載永樂中晏元振金陵春夕詩云花雨春江十四樓樓名來賓重譯清江石城鶴鳴醉僊樂民集賢謳

歌鼓腹輕烟淡粉梅妍柳翠乃建在城中以處官妓者蒔蓋未禁縉紳用妓也胡元瑞云此語近出足爲詩家新料世紀載如其數而少湻江石城易以南市北市上元志止載十樓瑣事增爲十六樓并南市北市有之且載國初李公泰集句五言律十六首可想見當時歌管之盛今惟南市樓尚存

木末亭

南對雨花江山競爽北眺鍾陵城闕在望獨據南岡之勝登斯亭不獨矚報恩之浮圖俯高座之蒼翠而只尺楊忠襄方正學二公祠墓令人不覺淒涕

憑虛閣

在雞鳴寺前據山背城前臨國學城中煙景一覽殆盡惜近日頹圮未經修葺耳閣後有聚遠共適二亭國學所建俯瞰後湖煙雲滿

目可稱雞鳴最勝處

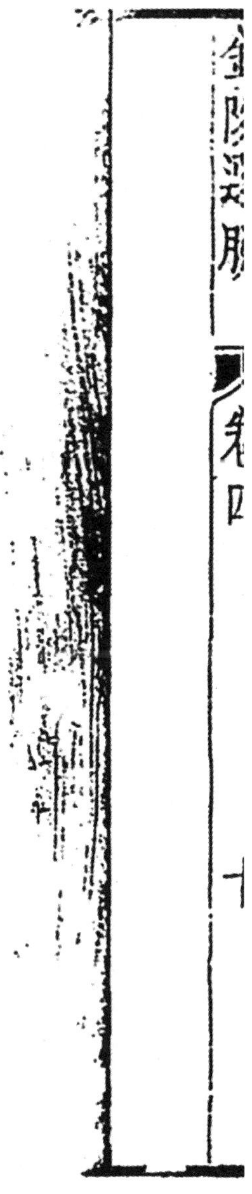

金陵選勝卷之五

泉石

一人泉　白乳泉

玉兎泉　鍾山水

八功德水　梅花水

石頭城下水　汝南灣水

胭脂井　應潮井

保寧古井　龍天王井

到公石　三品石

秦淮石　紫雲石

諸泉附

泉石

一人泉

在鍾山絕頂法雲寺側僅容一勺挹之不竭釋覺範飲泉詩云白雲峰頂泉紺碧生微瀾孤坐巉絕處掉頭不肯還天風吹咲語響落千巖間歸來數清境但見毛髮寒此泉今在陵禁内如上池仙掌不可得嘗矣

白乳泉

在攝山千佛嶺下石壁有隸書白乳泉試茶亭六字又有品外泉一名白雲泉出中峰澗入伏槽由地中行至石塔前滙爲池中刻石蓮泉自蓮中出又有珍珠泉在般若菴前此三泉皆佛供之醍醐禪衆之玉液饒他踢倒軍持一洗泉生煩渴矣

玉兎泉

在府學前相傳泰會之未第時宿學夜見白

冤入地掘之得泉因名劉伯溫銘曰嗚呼泉乎夫何辜爲檜所汚世無炅隱之孰昭其誣嗚呼泉乎尼父大聖猶言圭瘠環與癰疽自冤之傳夫何傷於泉與檜死爲蛆泉潔自如我作銘詩衆惑斯袪嗚呼泉乎終古如斯嗟嗟此泉一爲檜所辱至今難洗茀恐傳者失眞或當時附炎輩口實媢之耳誦銘語大爲此泉雪冤

鍾山水

李衛公浮槎山水記云李侯以鎮東留後出守廬州因遊金陵蔣山飲其水既又登浮槎至其上有石池涓涓可愛盖陸鴻漸所謂乳泉漫流者飲之甘則鍾山水與浮槎水其味同也想此山天都儲窟銀河一脉當是帝臺漿耳

八功德水

在靈谷寺東梁天監中胡僧曇隱寓錫於此值旱致禱有龐眉叟忽相過曰余山龍也措之何難俄一沼沸出澄撓一色嗣西僧繼至云此西天阿耨池水也本域八池今涸其一將無竭彼盈此乎一清二冷三香四柔五甘六淨七不饐八蠲痾此名八功德後人鑿石爲曲池水不復溢矣卓錫跑虎豈無世出阿羅漢

梅花水

在觀音門内崇化寺岩下一小池方丈泉自下起蹙沸出水面若散花復瑨流細潤出山下山多梅花因名味殊甘美每升視他水重數兩好事者掬以洗研能使墨花生香

石頭城下水

昔李德裕居鄜廟有親知奉使京口李云還日揚子江中冷泉水取一壺來其人揚帆醉

而忘之至石頭城下方億乃汲一瓶歸李飲後訝嘆非常曰江水味異于頃歲矣此頗似建業石城下水其人謝過不隱斯眞可與品水者亦當是水癖

汝南灣水

在秦淮曲折處晉汝南王渡江家焉大元中建東冶亭陸慧曉居其前張緒目爲江東裴樂張融自稱天地逸民因而卜鄰劉瓛弟璡

並居灣左水有異味至今取以釀酒極佳見覽古詩話清士所居能令人漱芳飲潔如是

胭脂井

一名景陽井陳後主與張麗華孔貴嬪避隋兵投其中闌石以帛拭之作胭脂痕或曰石脉色類胭脂井上有篆文曰辱井在斯可不戒乎井下文共十八字未知誰爲想以二妃故因名胭脂藉口拭痕石脉耳曾南豐有辱

井銘井如可汲尚恐不堪飲馬

應潮井

在鍾山頭陀寺第一峰梁大同中掘其泉與江潮盈縮增減相應井中時得斷船朽板之屬唐貞觀中有牧兒汲水得杉板長尺餘上有朱漆字曰吳赤烏二年豫章王子駿之船見蔣山塔記酉陽雜俎石邁古蹟諸篇中世間惟水怪莫可窮詰顧安得燃犀而燭之

保寧古井

今在驍騎右衛倉門内石欄不甚巨中極恢宏投以丈竹莫知其所嘗有落汲具以綆繫覓者見五鐵人環立偉甚其人愳亟出此當有神司之古人祀井良非虚設

龍天王井

舊傳在臺城前梁武帝郗后性妬忌因未册立忿懟投井化作毒蟒帝悲嘆乃册爲龍天

王使井上立祠祀之攷梁史后殁于雍州在
帝未即位之前或者其神見耶郗氏蛇虺成
性化蟒固宜抑帝屢行弑奪惡念所召而至
今以懺文悲衆生也悲夫

到公石

梁到溉居臨淮水齋前有礓石長丈六尺武
帝戲與賭之因迎入華林園呼爲到公石按
溉淸白自修性又率儉不好聲色虛石單牀

旁無姬侍冠屨十年一易朝服或至穿補亦可謂介于石者

三品石

臺城千福院本梁同泰寺後吳順義中置院前有醜石四各高丈餘云陳朝三品石宋政和中取入汴京置延福宫三品當是秦五大夫松之類荆公詩云草没苔侵棄道周誤恩三品竟何酬國亡今日頑無耻自謂當年不

與誅此與昔人譏鶴乘軒同意

秦淮石

江南保大中浚秦淮得誌石有大宋乾德四年六字餘磨滅不可辨令諸儒參考乃輔公拓反江東時年號也國號年號皆同竇儀西蜀之對又不足奇矣總之年號同異不必拘泥數固前定耶

紫雲石

在西園六朝松下石色素質堅而潤廣可四尺高七尺餘厚八九寸頂平大而稍圓上有八分書紫雲二字有名人題鐫半漫漶不可識即未必六朝亦數百年以前物也或訝其少透漏峭削之趣余謂正惟不透漏峭削挺立至今厚重少文將無類是耶或傳爲張垂

金陵諸泉　附

厓醉石

余所紀泉止存古蹟未經品第即瑣言所載泉品亦未嘗置甲乙也如雞鳴山泉國學泉城隍廟泉鳳臺泉驍騎衛倉泉冶城忠孝泉祈澤寺龍泉牛首山龍王泉虎跑泉太和泉雨花臺甘露泉高座寺茶泉淨明寺玉華泉方山八卦泉靜海寺獅子泉上庄官氏泉德恩寺義井方山葛仙翁丹井衡陽寺龍女泉謝公墩鐵庫井鐵塔寺倉百丈泉鐵作坊金

沙井武學井清涼寺對山蓮花井鳳臺門下焦婆井留守左衛倉井卽鹿泉寺井合二十六處今具載之以俟知味品題

金陵選勝卷之六

橋渡　坊巷等附

板橋　朱雀橋

南渡橋　檀橋

高橋　飛虹橋

五馬渡　麾扇渡

桃葉渡　邀笛步

二十四航　烏衣巷

馬糞巷　白楊巷

翔鸞坊　孝感里

焚衣街　夢筆驛

橋渡 坊巷等附

板橋

晉簡文帝嘗與桓溫及武陵王晞同載遊於板橋溫遽令鳴鼓吹角車驅卒奔欲覩其所爲晞大恐求下車帝安然無懼色溫由是憚服帝登橋咏獨鶴詩云遠霧旦氛氳單飛纔可分孤鸞宿嶼浦羈唳下江濆意惑東西水心迷四面雲誰知獨辛苦江上念離羣太意

可見然帝以韻勝終是江左錚錚

朱雀橋

即今鎮淮橋舊名朱雀航泊舟爲橋都水使者王遜立謝安于橋上起重樓置兩銅雀橋因得名王敦作逆溫嶠燒絕之孫權始用杜預河橋法浮航相仍隨水高下其後戰進退係率由此橋昔稱天險今爲都市矣

南渡橋

舊跨秦淮李太白與酒人數輩棹歌月夜往
石頭訪崔四侍御詩云舍舟共連袂行上南
渡橋乃淮水上橋也今不詳其處空有秦淮
水月在

檀橋

在青溪上齊劉瓛以儒學冠當時京師士子
貴遊爭下席受業瓛住檀橋瓦屋數間上皆
穿漏學徒敬慕不敢指斥呼爲青溪夫暨儒

不解葺治墻屋所居藉重如此題橋者比之

孰勝

高橋

本名皐橋庾信爲建康令避梁亂旅居此橋信有哀江南賦注云吴郡圖經以皐伯通所居因名皐橋後人轉皐爲高或曰皐伯通橋在吴通門内梁鴻賃舂之所非此橋也皐高同音不必深辯總之高士遺踪詎可湮没已

耶

飛虹橋

宫傍橋也江南徐常侍鉉嘗直澄心堂每入直至此橋馬輒不進裂鞍斷轡箠之流血掣轡却立莫知所謂鉉貽書餘杭僧贊寧答云下必有海馬骨水火俱不能毁惟漚以腐糟隨爛於是斸之得巨獸骨長三尺若斷柱積薪不能焚如法爛之恠亦隨滅鉉才人博識

乃不及一老秃信乎知鵲嗉桑龜者鮮哉

五馬渡

在幕府山前晉元帝與彭城諸王五人渡江處先是太安之際有童謠云五馬浮渡江一馬化爲龍永嘉中元帝卽位始驗帝晏安江左漸至不振在龍爲亢悔之招巳

麾扇渡

在朱雀橋左晉永興二年陳敏據建康顧榮

密報劉準率兵臨江敏令甘卓屯横江榮與周玘因卓兵斷橋盡斂船于淮水南敏自出軍臨大航榮以白羽扇揮之其軍自潰因名此定有仙術如呼風之類麾扇却軍從古未有

桃葉渡

在秦淮口桃葉王獻之妾名與其妹渡江風急王以詩送之云桃葉復桃葉渡江不用楫

此正可對莫愁湖金陵兩女子不翅與王謝

諸君競爽江左風流千載如畫

邀笛步

即蕭家渡在上水閘王徽之泊舟青溪側嘗

于月夜邀桓伊奏笛於此兩公固自任誕兼

解賞音清風朗月渡口尚作龍吟否或傳石

刻邀笛步三大字在貢院前左首民居河房

下

二十四航

輿地志六朝自石頭東至運瀆二十四渡皆浮航上元志云杜牧之詩二十四橋明月夜玉人何處教吹簫卽此此詩秋盡江南草未凋坊本未字誤作木若秋盡木凋何待言耶正惟未凋乃見江南光景耳楊用修辯之是

烏衣巷

在秦淮南晉南渡王謝諸名族居此時謂其

子弟爲烏衣諸郎今城南長干寺北有小巷曰烏衣丹陽記謂卽吳時烏衣營處建康實錄云紀瞻立宅烏衣巷屋宇崇麗園池竹木有足賞玩宋書謝混風格高峻少所交納惟與族子文義賞會謂之烏衣遊混詩云昔爲烏衣遊戚戚皆子姓其見重當時如此劉斧摭遺載烏衣傳謂金陵人王謝因航海入燕子國其言荒唐已經論辯江左閥重門第如

王謝子弟固自超耳何門第之云而劉禹錫詩乃有舊時王謝堂前燕之句至有以尋常百姓爲譏彈者殊失詩人感慨微意矣

馬糞巷

南史王志世家禁中里此巷中僧虔以來門風多寬恕志尤重厚專覆人短門下客嘗盜賣其車竟不問子姪皆篤實寬和時人稱馬糞諸王爲長者東坡嘗聽其子過讀南史謂

之曰馬糞諸王人稱長者東漢論李固則云視胡廣趙戒如糞土糞之穢也一經僧虔便爲佳號而以比胡趙則糞有時而不幸汝可不知乎此自是千古名言

白楊巷

昔謝幾卿免官居白楊石井何妥居巷口與青楊巷謝脅齊名此巷何減高陽通德

翔鸞坊

在武定橋東南唐盧絳居此坊遘熱病夢婦人指蕉一本令絳食盡歌菩薩蠻一曲送之而寤詞云玉京人去秋蕭索畫簾鵲起梧桐落欹枕悄無言月臨殘夢圓孤衾成暗泣睡起羅衣濕眉黛遠山橫芭蕉生暮寒詞殊婉娓可誦其彩鸞蕭史也耶

孝感里

南齊末年值兵亂母死廬墓終身負薪有白

兎紫芝生於龍墅畔人因名爲孝感里此與和嶠生孝王戎死孝孰愈

焚衣街

在御街東齊東昏製四種冠五彩袍一月中二十餘出梁武帝廢之焚奢淫異服六十餘種後人因名焚衣街嗟嗟近日服妖充斥衢市可勝焚耶

夢筆驛

江淹初年夢筆生花文思煥發後宿冶亭夢人自稱郭景純謂淹曰吾筆久假公今可見還淹探囊中得五色筆授之爾後詩無美句人謂才盡嗟乎文人藻思日新何關一夢自非白首凌勁未免才智消磨夢耶非耶神先告之淵明有言客養千金軀臨化銷其寶軀不化寶必不亡此語可以破夢

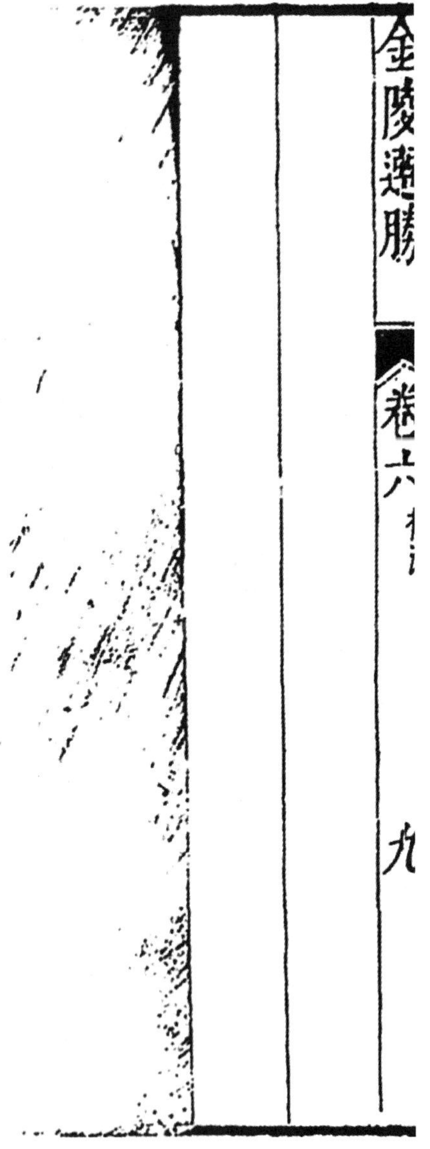
金陵選勝
卷六
九

金陵選勝卷之七

祠廟

蔣忠烈廟　卞忠貞廟

劉忠肅廟　陰山廟

白石廟　白馬廟

曹武惠王廟　歷代忠臣祠

青溪先賢祠　褒忠祠

表忠祠　方正學祠

周紀善祠　青溪忠節祠

十廟　青溪姑祠

祠廟

蔣忠烈廟

漢蔣子文廣陵人爲秣陵尉逐盜鍾山下死之生時自謂骨青死當爲神吳先主時有吏見子文乘白馬揮白羽扇于道上語人曰可爲立祠否者當有蟲入人耳之災吳王不信果有蟲毒人久之復有火厄乃爲加侯封改鍾山爲蔣山表其靈異晉加號相國劉宋封

爲王兹進帝號皆以數著靈異故　國朝易
謚忠烈建祠雞鳴山登亦鍾山之靈有托而
神者耶

卞忠貞廟

西晉蘇峻亂尚書令卞壼與二子眕盱皆赴
敵死南唐立廟祀之謚曰忠貞宋葉清臣祠
曰忠孝紹興廟曰忠烈中祀壼右列二子以
侍中稽紹配　國朝定今名壼墓在冶城今

朝天宫義熈中盗發其冢面有生色拳爪甲穿透手背嗟夫父死于君子死于父忠孝之道萃于一門昔人評之確矣宋曾極詩握手顔公拳透爪歸元先軫面如生晉陵伐掘今無主獨有忠冤占冶城盖紀實云

劉忠肅廟

公名仁贍仕唐爲節度使周世宗攻城將陷贍素善射引弓射及敵床屢墜不中贍投弓

曰天不利唐吾有死耳其子崇諫微有降意瞻覺欲斬之求救于母薛氏薛曰幼子固所不忍然貸其死則劉氏爲不忠之門促命棄市然後成服瞻復不屈而死薛亦殉之可稱雙節矣瞻至今廟食壽春此祠在雞鳴山

陰山廟

晉建武中王導于岡壟間隱約見步騎數十駐立久之俄不復見甚恠之夜復夢曰吾陰

山神也隨帝渡江于此幸爲我立祠當福晉祚導以事聞遂立祠于所見處此說近幻然陽龍陰血導逆賊陰謀龍戰于野其血玄黄此之占矣如鬼如蜮妖氣相召理亦或然

白石廟

晉咸和三年蘇峻亂温嶠等入伐立行廟於白石壘告元帝元后曰逆臣峻傾覆社稷毁棄三正臣等手刃戎行恭行天伐惟中宗肅

宗皇帝明穆皇后之靈降鑒有罪翦此羣逆以安宗廟臣等雖殞首摧軀猶生之年謝靈運有賦云造白石之祠壇愍二凶之無君今讀其詞猶自令人髮竪晉史謂蘇峻之亂庾亮於白石祠祈福許賽及峻平而牛未解故鬼攷之而亮病此說太舛盖峻之平以嶠嶠之祀白石以激士卒忠憤耳豈徼福而聽於神耶卽八公山草木人形亦堅冕自喪也可

謂神之助之耶

白馬廟

宋景平中顧琛爲朝請晩至方山下商旅數十泊東岸有朱衣介幘乘白馬執鞭者謂諸船云顧吳郡尋至船各屏去俄有一舟至人問顧吳郡何在曰即朝請也琛誓曰果領郡當于此立廟後果然乃立廟方山下夫數固前定神豈責報琛此舉覺勘義命二字不破

曹武惠王廟

宋史曹彬見傳彬平江南不妄殺僇封濟陽王謚武惠此不妄殺之報

歷代忠臣祠

祀南唐中書侍郎陳喬宋通判楊邦乂御前統領姚興王拱詳見各傳忠之一字四人可謂不愧

青谿先賢祠

在青谿上宋開慶元年馬光祖建祀周吳泰伯越范蠡漢嚴光諸葛亮吳張昭周瑜是儀晉王祥周處王導陶侃卞壼謝安謝玄王羲之吳隱之宋雷次宗齊劉瓛楊弘景梁蕭統唐顔眞卿李白孟郊南唐李建勲潘佑宋曹彬張詠李及包拯范純仁程灝鄭俠楊時李光張浚楊邦乂虞允文朱熹張栻吳柔勝眞德秀共四十一人各爲贊此舉稱至當第王

導一大奸雄倖厠其間爲可憾耳祠舊毁今

復建崇德寺後山

褒忠祠

楊公邦乂江西吉水人宋政和中爲建康府

教授改溧陽令平叛卒周德之變建炎三年

通判府事金人至江上杜充陳邦光李棁等

俱降公不屈完顔遣宗弼諭之再三公益憤

駡若犬羊穢我中原行將磔尸萬段宗弼因

殺之剖取其心事聞得贈直秘閣謚忠襄郎其地賜廟祠墓今在雨花臺側金陵祠祀公獨享數處歷代祀忠臣京學祀名宦又祀大成殿東青谿祀先賢豫章館祀鄉賢嗚呼忠義之在人心其不容泯滅如此

表忠祠

在全節坊祀建文死節諸臣上元志載文學博士方孝孺魏國公徐輝祖尚書禮部陳迪

兵部齊泰鐵鉉吏部張純刑部暴昭侯泰都
御史景清侍郎吏部毛泰戶部郭仁卓敬盧
迥禮部黄魁黄觀兵部陳植刑部胡子昭張
昺副都御史練子寧陳性善茅大芳僉都御
史司中周濬太常寺卿黄子澄少卿盧原質
廖昇大理寺少卿胡潤寺丞彭與民劉端一
作瑞　王高鄒瑾修撰王叔瑛王良侍講樓璉
衡府紀善周是修給事中龔太陳繼之韓永

黄鉞左拾遺戴德彝駙馬梅殷耿璿監察御
史王彬高翔甘霖王度葉希賢謝昇王玭董
庸魏冕鄭智曾鳳韶主事戶部巨敬兵部樊
士信按察使四川李文敏浙江王良江西副
使程本立僉事陝西林嘉猷北平湯宗河南
叅政鄭居貞知府蘇州姚善徽州陳彦回黄
希範葉仲惠宗人府經歷宋徵國子監博士
黄彦清長史谷府劉璟遼府程道燕府葛誠

漳州府教授陳思賢副總兵瞿能都督廖鏞
中府都督同知陳質都督僉事耿瓛都指揮
宋忠莊得孫泰皂旗張倫楚智北平都指揮
朱鑑馬寧彭聚彭二謝貴金琪舉人劉政指
揮宋瑄王資楊州衛崇剛燕山護衛千戶倪
諒豹韜衛指揮使俞通淵錦衣衛鎮撫余本
千戶周拱元松江府同知名逊賓州知州蔡
運一作四川參政江西南康縣人知縣蕭縣

鄭郯沛縣顏伯瑋主簿唐子清典史黄謙睢
陽教諭王省中書何申燕府伴讀余逢辰紊
軍斷事高巍東平州吏目鄭華定海人梁良
用齊黄講士盧振衛鎮撫曾濬漳州生員曾
廷瑞伍性原陳應宗吕賢林珏鄒君默守金
川門鎮撫牛景先燕山衛卒儲福臨海樵夫
名逸 共一百一十七人應天志止載七十九
人未詳爵里近日余叔弟應崑丞松郡從吴

人趙庭光凡夫所得史翰林仲彬致身録乃彬手録藏之家者載建文焚大内遁去始末甚悉隨行共二十二人兵部侍郎廖平襄陽人刑部侍郎金焦貴池人翰林編修趙天泰太原人浙江按察使王良祥符人四川叅政蔡運南康人刑部郎中梁田玉定海人監察御史葉希賢松陽人程濟績溪人中書舍人梁良玉梁中節俱定海人宋和臨川人郭節

連州人刑部司務馮滩黄岩人所鎮撫牛景先沅人王資楊應能劉仲倶杞縣人翰林院待詔鄭洽浦江人欽天監正王之臣襄陽人太監周恕和州人徐王府賓輔史仲彬吴江人内馮滩時稱塞馬先生時稱馬公時稱馬二子郭節時稱雪庵復稱雪和尚宋和時稱雲門僧時稱稽山主人時稱樵主趙天泰適衣褐稱衣褐翁時稱天肖子王之臣家世補

鍋欲以此作生計號老補鍋牛景先稱東湖樵時稱東湖主人大都與吾學編諸書微有同異謹案

文皇初年或言遜國諸臣不順天命請追戮

上曰彼食其祿自盡其心勿問大哉

聖言量包天地恩及枯朽扶綱激義典謨爲昭使夫忠寃目瞑于地下貞士生色于身前偷生苟祿之輩能無靦顔乎若乃削髮相從毁

形匿影跋涉數千里間關數十年淚血盡枯丹心不改眞可謂從容就義有死無二者矣當時禁網稍嚴名跡多詭近日俎豆既列公論大明倘可闡幽何妨博採令忠良之有徵亦志士之大快其他闕典尚未敢言拈毫及此聲出復吞矣

方正學祠

在城南木末亭祀方公孝孺事詳史傳遜國

死事諸臣獨公最慘世傳公先墓蛇事近恠要之九族可滅公固不滅

周紀善祠

在學右祀衡府紀善周是修江西泰和人詳傳又祀名宦祠豫章館先賢祠公死於學宫尊經閣下眞可謂得死所矣

青谿忠節祠

在桃葉渡祀　國朝禮部侍郎黄觀妻女死

節處此可與卞忠貞子劉忠肅妻同傳

十廟

國朝洪武年建俱在觀象臺左雞鳴山下

歷代帝王廟　國朝功臣廟　北極眞武廟

都城隍廟　祠山廣惠廟　五顯靈順廟

漢壽亭侯廟　蔣忠烈廟　卞忠貞廟　劉

忠肅廟　曹武惠廟　衛忠肅廟　以上俱

詳新舊諸志中不贅

附録　廟初成時　太祖臨祭禮畢特至漢
高祖位前哄謂曰劉君今日廟中諸君當時
皆有憑藉以得天下惟我與汝不階尺寸手
提三尺以致大位比諸君尤爲難事可共多
飲二爵　廟中原塑元世祖像方　塑時郎
有淚痕界破其面　太祖幸廟指　世祖曰
痴達子痴達子天下豈有不破之家不亡之
國乎次日粉之遂無痕其後鄭尚書曉姚修

撫泳皆請罷元世祖祀不許　世廟中給事
中陳棐復請乃罷祀及從祀木華梨五人或
云廟人嘗見兩青蛇束世祖腰間傳聞遠近
以此罷之　又云十廟將成　太祖夢一人
頳面赤衣握巨刀謁　陛前曰臣漢壽亭侯
關羽也　陛下立廟何故遺臣　上曰卿于
國無功是故不及神曰　陛下鄱陽之戰臣
舉陰兵十萬相助何謂無功　上乃立廟此

說見瑣言附記之

青谿姑祠

在府學東相傳謂張麗華孔貴嬪神也二妃

斬於此溪橋下類說趙文韶往青谿月夜唱

烏棲飛忽有青衣至傳云王公娘子聞君歌

聲即至頃見容色可憐文韶乃歌深契女心

曰但令有餅何患無水取箜篌鼓之令婢歌

繁霜自解裙帶縛姑歌曰日暮風吹葉落依

依丹心寸意愁君未知窮夕別去明日至青谿廟中女姑神像皆夜所見者嗟哉二妃生假狐妖能亡人國歿假神妖反令人祠白樂天云女假狐妖害更深豈其然乎

金陵選勝卷之八

刹宇

靈谷寺　棲霞寺

弘覺寺　報恩寺

天界寺　鷄鳴寺

靜海寺　清凉寺

瓦官寺　高座寺

定林寺　嘉善寺

幕府寺　花巖寺

弘濟寺　吉祥寺

鷲峰寺　承恩寺

朝天宫　神樂觀

靈應觀　洞神宫

歷代寺名附

刹宇

靈谷寺

在鍾山麓左梁建誌公塔名開善精舍唐寶公院宋太平興國寺　國初因塔遷　宮禁改今地賜額靈谷入寺徑五里許萬松杳靄蒼翠映照左爲梅花塢春來香雪滿林中爲無量殿純甃空搆不施一木有放生池八功德水而寶公塔巋然在焉臺前街履之呟嗒

響應撫掌若彈絲俗呼琵琶靈谷之名諒以
是耳自有鍾山紺園金界星羅棊布歷代建
額不一一見之誌傳凡十有六寺曰飛流曰半
山曰崇禧萬壽曰延賢曰靈味曰興皇曰竹
林曰大愛敬曰雲居曰明慶曰道林曰定巖
院曰秀峰曰定林曰悟空庵曰雪峰見之山
水古蹟人物凡十有二寺曰翠微曰法雲曰
興教曰宋熙曰白蓮曰定林曰靈曜曰鍾山

曰淨名曰幽棲曰草堂庵曰栽松並佛伽之所栖托名賢之所矚叅靈異則有耶舍達多寶誌杯渡證悟則有智藏慧勤懷深曇華等數十輩紀傳可徵難以更僕中朝以來若謝尚雷次宗劉勔周顒到溉阮孝緒劉紆沈約張譏薛道衡韋渠牟蘇軾王安石諸公或叅入上乘或頓超名理或點綴煙霞勝賞芳踪眞與此山俱永矣梵刹志所載鍾山諸勝有

寶珠峰道卿巖洗鉢池落文池宋熙泉玉澗
孫陵楊梅巖彈琴石桃花塢白蓮池猿驚鶴
怨二谷桂嶺定心石半山墩珠湖洞茱萸塢
黑龍潭道士塢東澗屏風嶺頭陀峰霹靂溝
寶公林曲水栽松峴道光池靜壇九日臺商
飈館說法臺招賢館會宗堂兩翁軒婁禪師
塔今並湮沒莫繇攷証想像光景大都在
孝陵禁垣以內靈谷似一班耳夫閱人成世山

靈不改後之視今感慨係之入世出世因緣

總是空谷一吷

棲霞寺

在攝山齊永明中明僧紹捨宅法度師建寺

隋文帝琢白石爲塔寘舍利唐高祖改功德

寺高宗改隱君棲霞寺宣宗改妙因寺宋太

平興國改棲霞禪寺元祐改嚴因崇報禪院

又爲景德棲霞寺虎穴寺　國朝定今名寺

在山麓山有中峰屹然卓立迤邐南下左右
山環抱如拱入山繁陰覆路若別一洞天然
舍利塔前伏道引中峰澗水從石蓮孔中濆
出爲品外泉以陸鴻漸所未品也倚山爲千
佛巖僧紹子仲璋所琢無量壽佛高可四丈
左右觀音勢至各三丈大同中龕頂放光文
惠太子等復依巖高下深廣就石爲像千尊
梁臨川王加以瑩飾金碧煥然有紗帽峰明

月臺下臨峻絶松檜交蔭循中峰澗而上有
白鹿泉方廣僅數尺清徹可鑑循山隙而入
有泉曰眞珠曰白乳巖如浪曰疊浪在上爲
圓通禪院人天小搆梵唄松濤時與禪堂唇
應又上爲天開巖陡絶甚奇峭壁嵌岑可穴
居者曰虎洞下爲紫盆峰此一帶在中峰之
右虛谷深朧僧寮巖依壁掛各擅其勝上至
中峰頂下視大江曳若縞練幽深隱與者忽

然而閎覽八荒矣此寺與山東靈巖荆州玉泉天台國清並稱四大叢林舊有白雲庵凌虛室石壁軒翠微菴濟生臺來賓亭俱廢高僧則有大明法司法度智顗法響慧峰慧侶保恭元崇智聰大德玭律師等俱見傳梁蕭昕素陳江總並築室持戒與僧紹等歷代名公紀遊題詠者不可勝數兹山之奇可謂擅絕金陵者矣頃日申寓公跋葛叟生遊紀有

曰攝山奇勝舊擅中峰其法從疊浪躋霞城蜿蜒而躋絕頂反步左折別取他逕下徑奔石梁山骨苔膚鬱然怒起度者先後猨引杖策都廢瀕覘惟松巉壑若來攫人無不驚歎欲絕更生以同遊怯險迂道失之此數語可作遊人導師曾記王元美先生遊紀云天開巖中僅通一線逕雖不甚高而孤險嚙足可畏將自此問絕頂而力不勝矣當年若遇寓

公亦須浮白大噱昔韓退之登嵩山絶頂邑令百計取之乃得下蘇子瞻至仙遊潭竟不敢過此可爲二君解嘲

弘覺寺

在牛首山梁名佛窟宋大明中有一僧趺坐忽不見但遺香鑪餅盂司空徐度因而造寺宋太平興國改崇教寺　國朝正統改今名山爲祖融太師開教處即牛頭宗入寺歷石

磴百級名曰白雲梯又磴數十凡三殿至佛閣有大浮圖七級有兜率巖卽捨身臺乃東峰最高處萬仞壁立巖下有地湧泉甚清徹折而西爲文殊洞山之脊介兩峰間有昭明飲馬池從西峰下爲辟支洞洞前有小方塔洞右有安初洞煤洞西下爲禪堂内有浮圖倒影從門隙暎照及丹竈自然生風俱奇絶有白龜池虎跑錫杖太虛三泉芙蓉峰雪梅

嶺又有石鼓石窟石鉢諸奇蹟高僧法融智巖慧方法持智威慧忠以次傳衣稱六代祖見唐劉禹錫李華銘記高僧傳傳燈録等篇宋明帝嘗問道林誌云牛首有何神聖日文殊領一萬菩薩各居于此又辟支佛入定之所故名佛窟大都此山與棲霞甲乙真所謂名山隱秀名洞棲眞因其所居卽爲化境矣宇宙間有不必然之理不必然之事如塔影

者是瑣事引吕柟太史云其塔尖自門孔中透入故有影亦屬謬悠六合之外存而不論可矣

報恩寺

即古長干寺在聚寶門外長干里吳赤烏間建寺及阿育王舍利塔實江南塔寺之始宋改天禧寺　永樂初易今名梵宇皆準　大内式造九級琉璃塔高百餘丈直揷霄漢五

色琉璃合成頂冠以黄金寶珠纓絡照耀雲日夜篝燈百四十有四如火龍騰焰風鐸相聞數里響振羣山大江都城宫闕盡在憑眺中飛鳥流雲俯視下矣中有放生池玄奘石塔卽藏爪髮處嘉靖丙寅二月異常風雨雷火燒之不雨三時而盡獨僧房無恙一塔尚存斜向東北萬曆庚子僧洪恩募緣修之役費萬餘金或謂既修之後光彩頓減微有諷

意自焚燬至今幾六十年莫有葺者梵宫成毁固自有數第留都重地物力衰耗此亦可一徵矣陳徐陵有長干寺衆食碑見梵剎志

天界寺

在南城外鳳山舊名龍翔集慶寺　國初徙今地改今名屢壞屢葺規制弘敞嚴靚甲諸剎僧廬悠邃松竹深通有西菴曲徑蒼翠喬松半峰煙雨雙桂返照南庵碧玉古柚品梅

六景稱城南幽勝寺舊在城中淄塵雜處高皇特徙置今地取其閒寂與民居不相接云

雞鳴寺

在今國學後與覆舟山臺城相連晉永康間倚山爲室　國初始建寺有門三曰秘密關觀由所出塵徑皆高皇所命遷靈谷寺寶公法函瘞于山巔浮圖五級寺基狹隘甚今制曲徑迤邐複道委宛

陟降而進若行數里云爲鐵冠道人指畫相
傳建寺緣疏乃
高皇賜者後雷火焚之　上曰天意也再乞弗
與又傳
高皇以寺宇高瞰大内意欲毁徙爲鐵冠前知
而止跡此二事
聖慮宏遠未易涯窺矣古蹟有西苑雞鳴埭竟
陵王子良士林館劉宏宅雷次宗館今迷其

處然而海内英髦遊太學者大半假館聞雞起舞想見當年遺韻云

靜海寺

在儀鳳門外盧龍山麓

文皇命使平服諸番風波無警因建寺左有巨石名真假山從地矗起下空洞潦水微瀦曲逕盤折而上形類纍石爲之潮音閣傑出殿表見千帆下上濤浪有三宿洞宋虞允文破

金人三宿于此所藏水陸羅漢像工緻巧絕得自西洋者殊爲可玩至賭宋人題名石字法絕類黃山谷太史始知昔爲江滸今成叢林陵谷變遷眞刹那三世矣

清涼寺

在石頭城古清涼山相傳有孔明駐馬坡白雲菴法眼泉吳順義中爲興教寺南唐爲清涼道場李氏避暑宫左脅而上有清涼臺山

不甚高而都城宫闕倉廩民居歷歷可數俯視大江如環映帶臺基平曠係翠微亭故址舊有亭今廢寺亦燬壞非昔矣後主嘗留寺中親書德慶堂額詩云未能歸去宿龍宫郎此唐李白温庭筠張祜宋林逋蘇軾王嵎王安石俱有詩

瓦官寺

在鳳凰臺晉興寧中以陶官地施僧慧力爲

寺因名梁時建閣南唐改昇元亦有閣名因之今寺疑非舊址矣詳梵剎志寺有三井汲一井則二井俱沸高僧則林公講小品天台論止觀其名最著晉劉丹陽王長史桓護軍何次道張永王苟子孫與公戴安道並于此地辯晰玄理唐李白杜甫等有詩瓦官或作瓦棺引僧誦法華舌生青蓮事舊志已辯其誤今尚有青蓮閣當意在李青蓮耳寺址可

疑故分上下瓦官大都鳳凰臺一帶跡皆幽勝遊覽之餘目睫千古欲晰眞似反多一重公案

高座寺

在雨花臺晉名甘露寺西竺僧尸梨密據高座說法因名或云高座道人葬此又云竺道生所居曰高座大都說法雨花名所自起矣寺倚臺僧房環寺香室窈徑竹樹葱蒨山光

鳥語並成禪悅晉王司空嘗過尸梨蜜蜜解
帶盤礴卞將軍適至遂肅然改容問其故曰
王公風鑑朗人卞令範度格物吾當以是應
之唐李白有登梅岡望金陵贈族侄僧中孚
又荅中孚贈玉泉仙人掌茶今尚有中孚塔
而法座則杳然絕響矣

定林寺

在方山一名天印山齊武欲起離宮地趙宋

乾道中始，徙建寺定今名。宋齊梁來有高僧曰雲摩法願至傅大士等十餘輩並兹卓錫。梁通事舍人劉勰幼依沙門，法名慧地，撰文心雕龍五十篇，雅爲昭明休文所重。定林寺藏經乃其銓次。凡都下寺塔名僧碑碣皆出其手。謝靈運、王彪之、王融、沈約、何遜皆過寺有詩。程伯淳嘗遊定林，偶見衆僧入堂，周旋步武，威儀濟濟，歎曰：三代禮樂盡在是矣。劉

舍人博雅足稱慧地阿羅漢程伯子準繩故是戒律師

嘉善寺

出神策門五里許相傳達摩渡江處山椒有石佛閣崖深樹古垂藤絓壁蒼雲厓岭岈欲墜奇怪異狀一閣開欞臨其左有一線天雲穿霞漏巖壑之幽絶者近日重修益增奇勝文人匠心真奪天巧矣

幕府寺

在嘉善寺二里許幕府山晉元帝渡江王導嘗建幕駐軍于此梁天監中武帝與寶公來遊始建寺名同行一名勝遊又改秀巖院寶林寺林岫瞥然幽灑深靜達摩洞前可瞰大江傍有蘆數千枝相傳達摩所折渡江之餘者又有琪樹梅贊詩影借金田潤香隨璧月流遠疑梁帝植近想誌公遊卽此此地有茂

弘太眞之遺跡與陳霸先周文育之戰功既足令人慨嘆而達摩誌公嘗遊又足發來者景行之心遊人當自領會

花巖寺

在牛首山北唐懶融禪師居此講法華經時素雪滿堦獲奇花二莖狀如芙蓉燦然金色大藏經云又有白鳥銜花翔集即此因以名寺寺在芙蓉峰之半巖洞多而且奇有宿星

翠微二房星槎芙蓉二閣玉板大觀瞰雲菩提待月補衲六臺六觀歸雲二亭伏虎神蛇象鼻三洞息井淨香太白三泉登絕頂處見弘覺棲殿林甃浮圖金碧宛若畫幛京城諸山錯繡江外數峰青出眞是西來九品蓮此分一辦矣

弘濟寺

在燕子磯　國朝始建　賜今名殿閣皆緣

崖構成危石半空嵌絕壁上以鐵繩穿石繫棟俯臨大江咫尺望磯頭下瞰江水波濤洶沸觀音巖閣勢極危峻凌空眺遠令人神悚昔人謂解州龍門流丹亭與此處並奇而險可當金陵一砥柱

吉祥寺

在定淮門内　國朝建仍宋名地亦高敞墀有松數株蒼菁可息右有古梅老幹徑尋蟠

欝嵱整絕無欹偃態春來香雪芬非遊客携壺者址相錯惜拜梅菴不甚雅耳藉令桓伊過此當不恡橫笛三弄

鷲峰寺

在城内青溪地相傳爲梁江總宅唐乾元中刺史顏眞卿置放生池其内有眞卿書碑國朝建寺定今名按舊圖經唐乾元中詔於江寧秦淮太平橋臨江帶郭上下五里置放

生池八十一所此其一也有劄青亭取荆公詩劄我鍾山一半青之句竊謂放生一事如乍見入井偶觸爲之可耳倘有意鬻物盈軒蔽地戢游翔之羽涸濡沫之潤而徒飽網罟者之橐將生未必放所傷多矣藉以放生爲大德將結繩教漁佃者不幾動千古殺機作閻浮中大罪人耶

承恩寺

在大内傍景泰間建棟宇廊房雖號宏邃然
容遡市廛爲游人棲托之所亦都會什一之
區語云朝市與山林何異是在精進白業者
於火宅中索清凉耳

朝天宫

在内城西全節坊卽吳冶城晉西州城楊吳
紫極宫地徐鉉記云卞真公之遺壠郭文舉
之故臺是也　國初建門入九曲有東麓亭

西山道院今爲祝禧之所

神樂觀

在天地壇東南太常寺典祭祀禮樂于此史仲彬致身録云金川失守大内火起建文從鬼門遁出一舟艤岸以待帝問曰汝何人何爲至此對曰臣乃神樂觀道士郎前見上賜名王昇也昨夢　高皇帝緋衣南向御奉天門令兩校尉縛臣語曰汝提點秩六品爲何

臣頓首謝不知曰明日午時可于後湖艤大舟至鬼門外伺候汝周旋勿洩後福未期不然難逃陰殛臣是以知陛下之來也今晚息觀中徐議行止舟上太平堤畔王起導前問步至觀已薄暮矣以郊壇所在不可久止明旦始行是時同行者廿有二人詳表忠廟嗟夫效死勿遷克敦世守之義臨危相倚具見致身之忠從來改革之際君臣未有如斯者

噫難言哉

靈應觀

石城門内烏龍潭側以禱雨有應故祠舊傳以祀潭中烏龍也境亦幽邃可眺

洞神宫

即宋蜀三神祠在青溪側祀青源君梓橦君白崖君宋姚希得建蜀人祀蜀神香火之情固應爾耶

歷代寺名

伽藍之盛莫過金陵篇中所存止拈勝槩其或一剎而名屢更名仍而跡非舊因名而強附其蹟蹟失而漫指其名各編互有異同眞贋難於是正過而存之亦文獻之一徵也按

世紀晉有　瓦官　高座　興嚴　耆闍

祗園宋有　延祚　湘宮　歸善　祈澤

青園　定林　宋興　曠野齊有　棲霞

草堂梁有　開善　長干　蕭帝　同泰
佛窟　聖遊　本業　永建　光宅唐有
功德　禪居　鐵塔　長慶　幽栖南唐有
奉先　清凉　妙因宋有　保寧　正覺
能仁　太平興國　半山　天禧　鹿苑
證聖　方山定林　祈澤　崇因元有　龍
翔集慶　元興永壽其　國朝見在各寺未
經入選與前代已廢之寺跡無可稽者並詳

梵刹志中嗚呼成住壞空業刼何盡往來去住萍合無常會須山水佳處逢着便遊晴雨閒忙勿令錯過若乃精藍淨土煑茗焚香名士結趺高僧竪拂自是熱閙場中清凉扇子固不必露逃禪眉睫亦何事分爾我宗風解作清遊以資捧腹

金陵選勝卷之九

碑碣

南嶽碑　始皇頌功德碑

二世詔書碑　嶧山碑

三段石碑　王祥墓碑

竺使君銘　維摩像碑

湯泉銘　梁棲霞寺銘

陳棲霞寺碑頌　寶誌公碑

草堂法師碑　長干寺衆食碑

寶公畫像贊　明徵君碑

顏公大宗碑　三絕碑

昇元帖　蔣帝廟碑

忠臣孝子碑　李順公碑

張懿公碑　曹仲元二畫

賞心亭記　陶隱居墓志

謝太傅像碑　碑碣題詞

碑碣

夏禹南嶽碑

此碑傳在岣嶁峰一云在衡山雲密峰又見
盧山紫霄峰石室凡七十七字其文云承帝
曰嗟翼輔佐卿洲渚與登鳥獸之門參身洪
流明發爾興久旅忘家宿嶽麓庭智營形折
心罔弗辰往求平定華嶽泰衡宗疏事裒勞
餘伸禋鬱塞昏徙南瀆衍亨衣制食備萬國

其寧窟舞永奔其家法蝶書匾刻蓋禹變伏
羲龍書爲蝶書其後唐徐季海江南李楚金
輩用之于小篆號蝶匾法宋時夔門觀獄麓
書院皆有摹刻嘉靖中尚書學士湛若水門
人摹勒石今在臨淮侯園中萬曆中太常卿
楊時喬又重刻於攝山大都流傳已久踪跡
莫尋翻摹失眞點畫多紊韓退之云岣嶁山
尖神禹碑字青石赤形模奇千搜萬尋何處

有森森綠樹猿猱悲杜子美云棗木傳刻肥失眞正謂是耳摩挲辨折如見古人自是我輩快心事

泰始皇帝東游頌德碑　秦二世東行詔書碑即泰山碑按劉跂泰山篆譜序云碑高不過四五尺形製似方非方四面廣狹不一因其自然不加磨礱所謂五十許字者在南面稍平處人常撫搨其三面殘缺蔽闇人不措意

矣蓋四面周圍俱有刻字總二十二行行十二字字從西南起以北東南爲次西面六行北面三行東面六行南面七行其末有制曰可三字復轉在南面稜上每行字數同而每面行數各不同其十二行是始皇辭其十行是二世辭二碑共爲一篇以史記證之文義微有同異此碑蓋後人以小字重摹者失其姓氏歲月然亦有古意可玩

秦嶧山碑

重摹小字考磐清事言李西臺建中刻在應天府學今攷金陵新志非也乃元李處巽刻同山谷城南帖米元章書並置路學耳見金陵古金石攷

吳後主三段石碑

一曰天璽元年紀功一曰天發神讖相傳吳天冊元年臨平湖忽開通又于湖邊得石函

中有小石青白色長四寸廣二寸刻上作皇帝字於是改元天璽勒石巖山紀吳功德其文華覈作皇象書黄伯思東觀餘論云皇象書人間絶少惟建業有吳時天發神讖碑若篆若隸字勢雄偉乃象書也張懷瓘目爲沈着痛快石分爲三江寧段石岡以此得名其一段鈌壞蓋嘗爲人鑿去其二段有襄陽米芾四字亦磨滅幾盡瑣事定爲蘇建書恐未

必然此碑字畫奇古似當在周鼓秦刻之間

梅聖俞詩云丫頭維斷石文字未全訛年美

赤烏遠書疑皇象多似爲得之此碑與秦皇

嶧山三碑今俱在府學尊經閣下

晉太保王祥墓碑

在城西何湖化成寺側文不知何人作景定

建康志云當是導南渡時奉之以來其後子

孫鼎盛古所未有按祥仕魏爲太尉爵侯仕

晉爲太保爵公其初不拜司馬炎正如馮道不拜郭威耳臨終遺命訓子孫以信德孝弟讓而不言忠豈非諱其所闕耶碑今斷亦得稱忠孝墓否

晉建威將軍思平縣侯竺使君銘

名瑤在張陣湖見六朝事蹟新志作寧朔將軍又有頌有墓志新志云在靖安鎮天王院按此恐即前銘頌二碑訛爲志耳見金石攷

案金陵人物志無竺姓名亦未載其墓所在

晉顧長康維摩居士像碑

瓦官寺初建僧衆設會請朝賢鳴刹注疏顧長康直打刹注百萬長康素貧時以爲大言後寺成僧請勾疏長康曰宜備素壁遂閉户往來百餘日畫維摩一軀工畢將欲點眸子謂寺僧曰第一日開見者責施十萬次日可五萬又次日可任例責施及開户光明照寺

施者塡集泉得百萬宋蘇魏公頌題像云顧生首創維摩像有清羸示病之容隱几忘言之狀陸探微張僧繇恐不逮也乃摹勒重刻在戒壇寺碑今不知所在然維摩示病之因虎頭旁礴之趣千載猶在眉睫

宋江夏王義恭湯泉銘

在湯山下大小六處四時常熱禽魚之類入者輒爛以煑豆穀終日不熟草木濯之愈鮮

茂銘云秦都壯溫谷漢京麗湯泉炎德資遠液暄波起斯源此銘似五言詩諸志不載獨見金陵世紀

梁元帝攝山棲霞寺碑

文云金池無底已逼寶塹之側玉樹生風傍臨綵船之上七重欄楯七寶蓮花通風承露含香映日銘曰苔衣翠屋樹隱丹楹澗浮山影山傳澗聲風來露歇日度霞輕三災不毀

得一而貞詞旨簡古大足解人頤

梁棲霞寺碑文并頌

舊志俱作陳江總持文京兆韋霈書今存乃宋賜金紫沙門僧懷則書也金石攷頌作銘懷則作維則想有所據寺有隋王邵舍利感應記唐劉軻玭律師碑南唐徐鉉新路記皆全見梵剎志又有徐鉉及弟鍇寺中題名僧用虛千佛嶺詩保大中石幢三皆勒石

梁王筠寶誌公碑

誌公示寂武帝敕陸倕作志納塔内筠作碑

立於開善寺門見本傳寺舊名開善倕筠文

全見梵刹志誌公行實詳傳竊謂琳宫之盛

肇自梁武梁武佞佛肇自寶公其後僧紹托

跡棲霞荆公半山捨宅禪風所鼓漸習日深

開隋唐以後之因果竭六朝以來之財力良

有因已盛衰之跡不得具陳第嚮者龍象如

林而今似覺寂寥也可以觀世

梁古草堂法師塔碑

名僧婁慧約塔塔上石制若圓榼中斵爲方下刻二鬼擎之方上書曰梁古草堂法師之墓字有蝙匾法宋濂定爲梁人書草堂寺在鍾山有梁王筠約法師碑沈約千僧會願文

全見梵刹志

陳徐陵長干寺衆食碑

全篇見梵刹志節文云法師常願以智慧火燒煩惱薪普施衆生同餐甘露假使桑林不雨瓠水揚波猶厭稻粱永無饑乏之加以五鹽具足七菜芳軟㲉類天厨果同香樹羹鼎之大殷王末逢糜鑊之深齊都非擬昆吾在次皆鳴鷲嶺之鐘暘谷初升同洗龍池之鉢文甚儁潔

蔣山李太白寶公畫像贊

金石攷謂張僧繇畫顏眞卿書趙子昂又書十二時歌謂之四絕瑣事作吳道子畫今刻乃吳道子名想轉相摹勒而訛耳然字畫並鮮古意

顏公大宗碑

顏眞卿晉右光祿大夫本州大中正西平清侯此魯公先世祖墓也志載府君名含孫延之爲銘十四世孫眞卿重書忠節文章之後不

朽乃爾

清涼寺三絶碑

董羽畫龍李後主草書李霄遠八分書稱爲

三絶勒之碑又有後主撮襟書德慶堂牓宋

僧曇月刻石在寺

唐高宗棲霞明徵君碑

御製文高正臣行書王知敬篆額陰有棲霞

二大字迺大中庚子歲所立其文三千餘言

詞義藻繪文采璀璨可稱名山不朽文章全

見梵刹志

南唐昇元帖

煙雲過眼錄云褚伯秀云李後主常詔徐鉉

以所藏前代墨蹟古今法帖入石名昇元帖

藏昇元閣中此帖不知若何佳妙乃淳化閣

帖之祖恨未獲一摩挲耳

南唐蔣莊武帝廟碑

徐鉉文朱銑書在廟門外莊武事詳史傳至今廟食里人歲節崇奉英靈如在可謂神不可知天地始終者矣

卞廟忠臣孝子碑

徐鍇爲識卞忠貞事見傳碑今不存如此父子豈待金石不滅哉

唐侍中贈中書令李順公神道碑

公名金全仕南唐大將最有功伐史以爲國

之存亡係之碑文作者不知爲誰其書乃侍郎高越也在西門外石子岡下事蹟云在石頭城下是也詳見陸游南唐書本傳中

大唐順天翊運功臣特進太子太傅上柱國清河郡開國張懿公神道碑

公名居詠碑不知何人作乃朱銑書在石城北見六朝事蹟陸游南唐書本紀中亦載居詠之名而不爲立傳其人或無可傳也然敦

頫時此碑必尚存故其題額迹之爲詳見古金石攷

南唐曹仲元人物畫武洞清佛像畫

二畫一石二面萬曆丙辰五月六日牛市童子巷灊池掘得之四邊損缺矣見古金石攷

蕭山則賞心亭記

在下水門城上下臨秦淮湖山墅錄云丁晉公鎮金陵建賞心亭以周昉所畫袁安卧雪

圖張於亭屏經十四太守不敢取續志云謂始典金陵陛辭眞宗出八幅袁安卧雪圖付謂曰卿到金陵可選一絶景處張之考宋史原無賜畫事焉言御賜恩人見奪耳久不敢奪亦見勢赫畏人處此畫何辜爲丁所汚袁安淸孤高士乃亦爲壬人揶揄耶

王荆公書陶隱居墓志

新志云刻于江東漕廨黄山谷跋云熙寧中

盜發塚得磚乃此文荆公愛而書于天慶觀齋壁間黄冠遂以入石荆公妙書法世人鮮知者人言山谷重荆公書直畏勢作譎語似非公論

黄山谷書韓文公城南詩帖

山谷紹聖五年五月上荔枝灘舟中書此贈陳德之元提舉李浩刻在府學尊經閣下以山谷書韓公詩亦雅相稱

謝太傅像碑

在半山寺像本顧長康畫蘄春朱長卿家藏者無毫髮差古汴趙希槩云行都所見長康筆縑腐色剝幾不可觸而阿堵中瞭然後人摹勒于石太傅風韻非虎頭筆力不能逼肖足稱兩絕昔黄山谷云李伯時畫于瞻按藤坐石圖極似其醉時意態吾輩可乞伯時作一幅會聚時開置席上如見其人亦一佳事

也余于此碑亦云

碑碣題詞

金陵碑碣諸書紀載甚繁然千餘年來文僅存者十之二跡可尋者十之一至石雖殘泐章畫可識者卽千百中不得一也揮毫至此不覺凄然偶從申寓公處讀顧隣初先生金陵古金石攷目又不覺爽然自失蓋先生之言曰金陵自勝國而上稱帝都者幾三百年

以形勝爲英賢所躔名文章之藪澤勒諸金石者宜不可勝數乃上下千餘年間金石之文別見傳記者曾不數遘至碑碣可摹僅一二斷裂之餘而已乃知世變無常有形必壞雖金石有不能不渝且盡者所爲詔無窮而垂不朽又將安寄乎哉醜石之名辱井之字政令不礪亦復何爲而彼吳聲妖浮齊音側麗清溪小姑之曲西州估客之歌氣異風雲

情多兒女方且以瓦缶之鳴笑黃鐘之毀棄以巴人之和掩白雪之高華得失之理本自不渝成毀之幾壹何相貿徒短文人之氣灰志士之心亦可累欷而太息矣嬀哉斯言可爲千古文人吐氣不第紀載之贍且核而已乃余篇中所錄僅存十一亦聞見圉之寧敢以臆删取乎哉

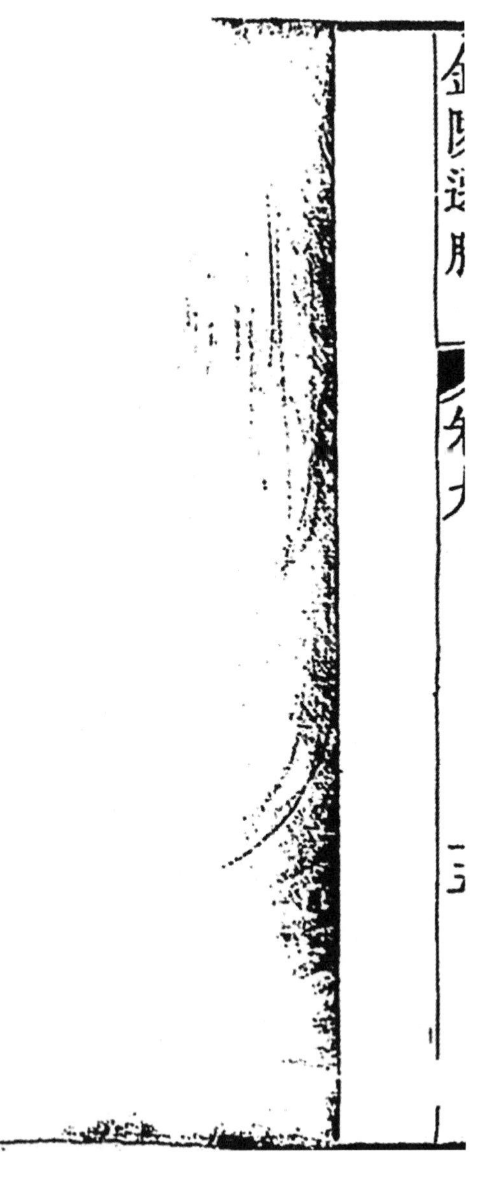

金陵選勝卷之十

品題

宋文帝　孝武帝　梁武帝　簡文帝

元帝　陳後主　隋煬帝　陸機

應禎　鮑照　劉義恭　范曄

顏延之　劉苞　丘遲　沈約

謝靈運　謝朓　徐勉　任昉

徐謖　王融　蕭綂　蕭子良

江總 沈炯 姚察 王褒

徐伯陽 陰鏗 諸葛穎 陸臯

鮑至 王臺卿 王冏 孔燾

王彪之 范雲 庾信 庾肩吾

王訓 何遜 江孝嗣 徐敬業

王僧孺 王儉 王義恭 柳惲

徐陵 蕭子顯 劉孝倬 劉孝儀

陸倕 虞騫 徐孝克 劉孝先

張正見　釋洪衍　李白　杜甫
孟浩然　高適　王昌齡　竇鞏
綦毋潛　張暈　常衮　李頻
皮日休　蔣涣　釋靈一　張祜
權德輿　許渾　劉禹錫　温庭筠
劉長卿　皇甫冉　顧况　李緒
韋莊　白居易　常建　李嘉祐
元稹　狄仁傑　杜荀鶴　崔桐

僧契撫　司空曙　羅　隱　僧皎然
李建勳　周　繇　王　隨　徐　鉉
徐　鍇　宋齊丘　王安石　蘇　軾
米元章　蘇　頌　楊無爲　李　綱
王　愕　陸　游　林　逋　夏　竦
曾　極　周邦彦　劉克莊　張　詠
馬光祖　徐　照　張孝祥　張　栻
周文璞　周必大　文天祥

品題

宋文帝　登景陽樓詩

宋孝武帝　遊覆舟山詩　華林園讌集羣臣效

栢梁體楊州刺史江夏王義恭　南徐州刺

史竟陵王誕　領軍將軍元景　太子右

率暢　吏部尚書莊　侍中偃　御史中

丞師伯

梁武帝　遊鍾山大愛敬寺　金陵邑城並詩

梁簡文帝　遊光宅寺應令　望同泰寺浮圖

往虎窟寺窟一作穴　郎棲霞寺　登烽火樓

新亭並詩

梁元帝　曠野寺文　鍾山飛流寺鐘銘

陳後主　同江揔射遊攝山棲霞寺詩

隋煬帝　謁方山靈巖寺詩

陸機　皇太子讌玄圃宣猷堂有令賦詩

應禎　宣武帝華林園集賦詩

鮑昭　侍宴覆舟山二首　還都至三山望石

頭城　三山　城東橋　行京口至竹里

過銅山掘黄精共詩七首

劉義恭　景陽樓詩

范曄　樂遊苑應詔詩

顔延之　三月三日曲水詩序　應詔曲水讌

詩　應詔觀北湖田收　鍾山下拜陵並詩

劉苞　曲水宴應制詩

丘遲　侍宴樂遊送張徐州應詔詩

沈約　應詔樂遊苑餞呂僧珍　鍾山應西陽

王教　郊園二首　方山應詔並詩

謝靈運　鄰里相送方山留别　和范光禄祗

洹寺像賛三首並詩

謝朓　新亭渚别范雲　之宣城出新亭浦向

板橋晚登三山望京邑　華林園　瑯琊城

過沈約郊園　博望苑　登烽火樓　和都

曹出新亭渚 共詩七首

徐勉 昧旦出新亭渚詩

任昉 爲卞彬謝修卞忠貞墓啓

徐諼 華林北澗詩

王融 三月三日曲水詩序 瑯琊講武應詔

侍遊方山應詔 覆舟山園從竟陵王並詩

蕭統 和武帝遊鍾山大愛敬寺 開善寺法

會 鍾山講解並詩

蕭子良　葬劉瓛墓詩

江總　明慶寺　棲霞山二首并序　玄武觀

侍宴　靜卧棲霞寺房望徐祭酒　遊虎穴

寺　營涅槃懺有序　棲霞寺山房夜坐東

徐祭酒周尚書　婁湖侍宴共詩九首

沈烱　同庾肩吾周弘讓遊明慶寺詩

姚察　遊明慶寺悵然懷古詩

王褒　明慶寺石壁詩

徐伯暘　遊鍾山開善寺詩

陰鏗　新亭　遊開善寺並詩

諸葛穎　奉和方山靈巖寺應教詩

陸罩　鮑至　王臺卿　王冏　孔燾

並奉和遊虎穴寺詩

王彪之　與諸兄弟方山別詩

范雲　登三山詩

庾信　披香殿賦　奉和靈谷寺法筵應詔

和望同泰寺浮圖并詩

庾肩吾　王訓　王臺卿　並和梁簡文望同泰寺浮圖詩

何遜　金陵邑城　孫陵　石頭城　下方山並詩

江孝嗣　徐敬業并　瑯琊城詩

王僧孺　芳樂苑侍宴　景陽樓并詩

王儉　玄圃應詔詩

王義恭　柳惲並景陽樓詩

徐陵　征虜亭送新安王詩

蕭子顯　劉孝倬　劉孝儀　陸倕

並和梁昭明鍾山講解詩

虞騫　登鍾山下峰望詩

徐孝克　同令君棲霞寺山房夜坐二首詩

劉孝先　草堂寺尋無名法師詩

張正見　陪衡陽王遊耆闍寺詩

釋洪衍　遊鍾山之開善定林詩

李白　金陵城西月下吟　金陵歌送別范宣

宿白鷺洲寄楊江寧　新林浦阻風寄友人

三山遊金陵寄殷淑　留別金陵諸公　遊

謝氏山亭　土山　金陵酒肆留別　金陵

白下亭留別　玩月孫楚酒樓訪崔侍御

金陵鳳皇臺置酒　登金陵謝安墩　登瓦

官閣　昇元閣　登金陵鳳凰臺　勞勞亭

金陵望漢江　石頭城　金陵三首　板橋
浦泛月獨酌懷謝朓　金陵白楊十字巷
金陵江上遇蓬池隱者　出金陵尋王侍御
不遇　題金陵王處士水亭　金陵聽韓侍
御吹笛　示金陵子　出妓金陵子呈盧六
四首　登梅岡贈高座寺僧中孚　石頭山
送族弟至郭南月橋却回棲霞山贈之　共詩
三十四首

杜甫　送許八拾遺歸江寧覲省甫昔時嘗客遊此縣於許生處乞瓦官寺維摩圖樣志諸篇末詩

孟浩然　與張折衝遊耆闍寺詩

高適　同羣公宿開善寺贈陳十六所居詩

王昌齡　芙蓉樓送客二絕

賈童　越城詩

綦毋潛　題棲霞寺詩

張蠙　常袞　李頻　皮日休　蔣渙　釋靈一並遊棲霞寺詩

張佑　遊清涼寺詩

權德輿　與沈十九拾遺遊棲霞寺上方夜于亮上人院會宿二首　攝山並詩

許渾　金陵阻風望延祚閣詩

劉禹錫　臨春結綺望仙三樓絕句　石頭城　烏衣巷　臺城　秦淮江令宅共詩五首

溫庭筠　清涼禪寺　雞鳴埭曲　謝公墅歌

遊高座寺並詩

劉長卿　東峰壽明徵君故居詩

皇甫冉　送陸鴻漸棲霞寺采茶二首

顧况　李緒並登棲霞寺懷望詩

韋莊　遊牛首山詩

白居易　贈中山韋處士詩

常建　過青溪王昌齡宅詩

李嘉祐　送韋邕少府歸中山詩

元稹　和友封題開善寺詩

狄仁傑　昇元閣和韻詩

杜荀鶴　水亭五言絶

崔峒　開善寺詩

僧契撫　本業寺記

司空曙　金陵懷古詩

羅隱　登瓦官寺閣詩

僧皎然　送履霜山人還金陵西山詩

李建勳　遊宋興東岩　鍾山寺避暑勉二三子　蔣山開善寺　棲霞　東峰尋明徵君故居　登瓦官寺閣　青溪草堂間興共詩七首

周繇　王隨並尋明徵君故居詩

徐鉉　徐鍇並北苑侍宴詩

宋齊丘　登鳳皇臺詩

王安石　和子瞻同王勝之遊蔣山　遊草堂

寺　白雲庵　謝公墩二首　示永慶院秀
老　遊長干寺二首　光宅寺　題正覺院
籜龍亭　齊安寺　鍾山　賞心亭　白鷺
亭　此君亭　定林講書臺二首　祈澤寺
江寧夾口五絶句共詩二十三首
蘇軾　清涼寺　觀音頌幷序　白鷺亭長短
句詞　同王勝之遊蔣山　阿彌陀佛像贊
清涼長老二首共詩四首

米元章　賞心亭詩
蘇頌　詠天禧竹　三藏塔並詩
楊無爲　遊高座寺詩
李綱　寶公塔　八功德水並詩
王巙　清涼寺竹詩
陸游　清涼寺詩
林逋　清涼寺翠亭詩
夏竦　金陵邑樓詩

曾極　金陵百咏詩

周邦彦　劉克莊　並　鳳凰臺詩

張詠　出守昇州金陵述懷詩

馬光祖　青谿詩

徐照　青谿閣本梁江總故宅詩

張孝祥　三塔寺寒光亭詩

張栻　新亭詩

周文璞　鍾山絶句

周益公　賞公亭詩

文天祥　過舊金陵詩

竊覩金陵自建都來詞藻之盛莫六朝若爾時帝吐芳辭臣賡婉語能使寒聲迴姿香林絢色掠玉步金咸會助響琪葩錦羽亦解賞音斯亦風流之懿軌而靡麗之嫩奏已飽沉顔謝諸君末流迴瀾昭明文選一編中天懸嚁至于方外並暢玄風其金陵之極際乎李

唐而後遊覽篇什太白最多考厥年譜歷次
兹土凡四五周而捉月采石竟騎鯨去方且
神遊八極不忘來往三山白之金陵甫之錦
城華嶽並峙矣嗣雖繼響如林兹爲千古絕
唱巧匠斲山骨荆公尚絀於子瞻而矧其凡
乎　國朝名公彬彬題咏振采山川然見于
志紀似多濶略兼以家集浩瀚未易搜求鄙
陋無知莫敢詮採定有如昭明者起而裁之

如日江南風月閒多年豈其然乎篇中書名書目止存大槩以俟後來采緝則昭明文選晉魏六朝詩選藝文類聚文苑英華唐文粹唐詩品彙李杜全集東坡臨川二集宋文鑑及金陵應天等志世紀梵刹志舊事金石目攷瑣言等書倘有力者務舉其全如其卧遊聊醒倦目唐人云誰爲後來者當與此心期又云江山留勝迹我輩復登臨有味哉將無

得之言詮之外

前代志傳目附

丹陽記齊山謙之　京都記齊陶季直　建康實錄唐許嵩　金陵古蹟編宋石邁　六朝事類宋張敦頤　六朝事類別集宋吳彦夔　六朝進取事類宋王暭　乾道建康志宋史正志　慶元建康志宋朱舜庸居珉　景定建康志宋周應合　句曲志宋張侃　咸淳溧水志宋周盛之方遜

溧陽志宋趙廓夫　南唐近事宋鄭文寶　江表傳　吳錄唐張渤　江表記　六朝宫苑記　苑城記　金陵六朝記　秣陵記　建康宫闕簿　江表志　江南野史　集慶續志戚光　金陵覽古詩朱存陳軒楊備馬之純　金陵故事　金陵新志元張鉉

右諸書名僅存耳無得而考焉新志板藏國學且幾漫漶甚矣文獻之難也特錄存之以

備遺忘亦品題之一徵云

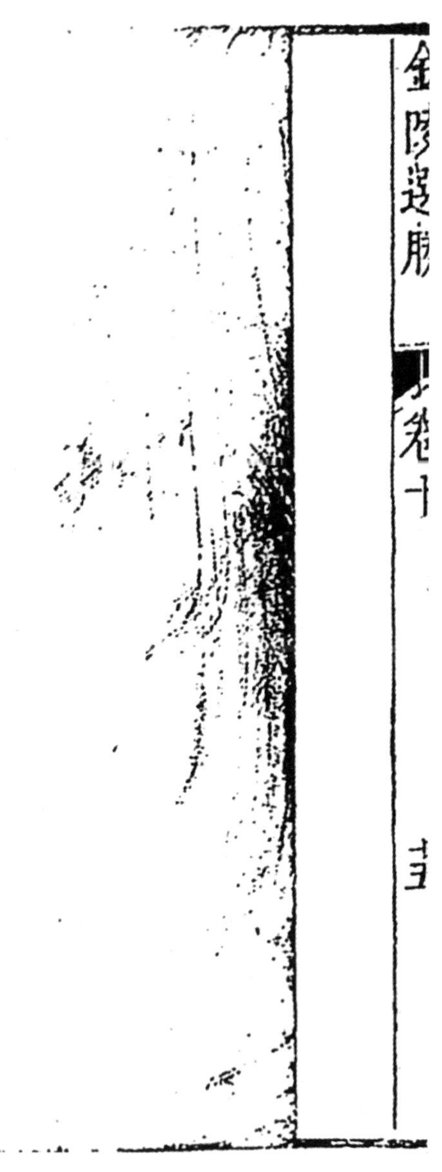
金陵選勝 卷十

金陵選勝卷之十一

奇蹟

潛鶴皷　東冶鐵妖

石頭火㤯　蔣廟靈應

羊無後足　萊巽爲郎

武庫井龍　花震動鳥三足

柰何帝鳥　鼠入石頭

張侯橋金像　瓦官寺玉像

玄武湖銅斗　安明寺樹字

宣陽門錦罽橙　泰埋寶物

慈母山簫管竹　晉長明燈

人生葠　玉麟神璽

安樂寺畫龍　檀像自長

銅像自移　棲霞銀杏

觀音閣石鏡　定林乳鐘

木醴　諸葛枕

二異鏡　三丰簑笠

寶公法被　劉長春玉冠

石上觀音像

金陵選勝 卷十一 二

奇蹟

潛鶴鼓

越王雷門鼓傳至孫吳置臺城端門上有二鶴來自會稽擊之聲聞洛陽後孫恩亂兵擊破有二鶴冲天而去鼓自是不鳴此鼓妖也

厥咎應聽之不聰

東冶鐵妖

南陳後主禎明二年東冶鑄鐵有物赤色大

如數升自天隆鎔所聲隆隆如雷鐵飛出墻燒人家此金不從革之孽火以制金反以生火五行乖常極矣

石頭火𤇆

後主于大皇佛寺起七層塔未畢火從中起飛至石頭焚死者甚衆是時釋教方炎更益之薪助其熖矣宜有此異

蔣廟靈應

梁天監六年旱甚詔祈雨蔣廟十旬不雨帝怒欲焚廟并神像時日正烈將起火忽有雲如繖上盖頃刻雨如注臺中宮殿皆自震動帝懼馳詔追停稍息是時軍攻鍾離蔣降勅許陰助既而淮水暴長六七尺曹景宗督師大挫敵人凱旋後廟中人馬脚盡泥濕大衆驚駭禮爲民禦災捍患者宜祀蔣廟至今崇報宜矣

羊無後足

晉成帝咸和二年五月司徒王導廐羊生無後足或曰此不勝任之象是時導陰助敦復嫁禍賣敦人以目爲江左夷吾視之不明厥有羊禍登第不勝任已哉

菜異爲郎

吳孫皓天紀元年八月建業有鬼目菜生工人黄耇家長丈餘又有蕒菜生工人吳平家

高四尺莖廣五寸東觀案圖名鬼目爲芝草
爲平慮遂拜黄侍芝郎吳平慮郎並銀印青
綬噫嘻世寧有一丈芝耶逆殺無辜刑安得
平而平慮生耶二人工人也惟木沴金時則
有草妖皆不哲之咎

武庫井龍

武帝太康五年二月二龍見武庫井中帝觀
之有喜色百僚將賀劉毅獨表曰昔龍漦夏

庭禍發周室龍見鄭門子產不賀帝遂却賀

後二胡僭逆皆字曰龍表異有徵天道豈夢

花震動鳥三足

梁武捨身光嚴重雲殿遊仙花生皆震動開

講日有三足鳥集殿東戶三飛三集白雀一

見于重雲閣前連理樹思之不睿則有華孽

言之不從則有羽蟲之孽以人主奴于金狄

宜五行乖沴至此

奈何帝鳥

陳後主禎明二年蔣山衆鳥鼓兩翼以拊膺曰奈何帝奈何帝此與隴中鷃鵡問上皇安否皆鳥之知忠其主者子美托詠于杜鵑感慨深哉江左夙美清談鳥語亦自輕儁

鼠入石頭

陳後主禎明中有羣鼠無數自蔡州岸入石頭淮至于凊塘兩岸數日自死隨流入江頊

歲鼠度采石亦可異

張侯橋金像

晉成帝咸和中丹陽尹高悝行至張侯橋見浦中光五色乃于光處得金像載至長干巷牛不肯進任牛所之徑牽入寺常放光明又聞空中有金石響經一歲臨海漁人得銅趺送寺與像足宛合後高州合浦人採珠没海底得佛光熖舁至又合焉謂佛靈乎金變化

乎幻之幻已

瓦官寺玉像

晉義熙中獅子國遣使獻玉像經十載乃至

像高四尺二寸玉色潔潤形制殊特殆非人

工此像歷晉宋在瓦官寺至齊東昏遂毀像

爲潘貴妃作釵釧佛誠有靈肯受汙兒女手

此亦可祛一惑

玄武湖銅斗

南宋何承天博覽古今張永嘗開玄武湖遇古冢冢上得一銅斗有柄文帝訪朝士承天曰此亡新威斗王莽三公亡皆賜之一在冢外一在冢内時三台居江左者惟甄邯爲大司徒此必邯墓俄而又啓冢内更得一斗復有一石銘大司徒甄邯之墓吁承天固稱博古然時去新莽亦未遠耳

安明寺樹字

晉永明元年秣陵安明寺有古樹伐以爲薪木自然有法大德三字木生字多見酉陽雜俎太平廣記篇中大都木妖也字之吉凶亡論矣

宣陽門錦麝㽅

晉時有徐景于宣陽門外得一錦麝㽅至家開視有蟲如蟬五色後兩足各綴一五株錢此如金母蠶神之屬得之令人致富

秦埋寶物

劉綜博物孫權時掘得銅匣長二尺七寸以琉璃爲蓋又一白玉如意所執處皆刻龍虎及蟬形莫能識其由使人問綜綜曰昔秦王以金陵有天子氣平諸山阜處處輙埋寶物以當王氣此殆是乎二物爲内家珍奇固不待辨金可埋矣寶何斬耶綜才人也此亦未足證其博物

慈母山簫管竹

丹陽記云江寧縣南三十里有慈母山積石臨江生簫管竹自伶倫采竹嶰谷其後惟此幹見珍故歷代常給樂府俗呼鼓吹山令慈湖戍常禁采之王褒洞簫賦即稱此也其竹圓緻異于他竹山多積石竹生石竅石竹通氣虛實合響乃八音自然之應苐質理異常音韻自別故足珍耳

晉長明燈

江寧縣寺有晉長明燈歲久火色變青而不熱隋文帝平陳已訝其古見隋唐嘉話水火之變不可勝詰如火山火井亘古長燃無薪而傳所不知已

生人葠

南史阮孝緒母疾用藥須生人葠相傳鍾山所出孝緒躬歷幽險累日不獲忽一白鹿導

之前行至一所不見就求之果得或云郎人參也蔆亦作薓廣五行記云隋文帝時有人宅後每夜聞人呼聲掘之得人蔆一如人體四股畢備想卽此種

玉麟神璽

愍帝建興四年白玉麒麟神璽出于江寧其文曰長壽萬年江寧縣名始見是年帝何如主而有此瑞亦魚帛神書之類詐耳

安樂寺

張僧繇於金陵安樂寺畫四龍不點睛人問之答云點則飛去固請點之頃刻雷雨作二龍乘雲騰上其二不點者猶在龍雖變化不測人則睬龍尤神古稱人龍猶龍信然乎

檀像自長

大通四年梁武于大愛敬寺造一丈六尺旃檀像量剩二尺成丈八尺主僧重量凡五度

即成二丈七寸見金陵新志木不曲直謂之

木妖佛靈云哉

銅像自移

隋時興皇寺佛殿被焚丈六銅像自移南五

六尺許得全見弘明集此與張侯橋金像囬

身西向同一異事即誠有之亦金不從革之

孽

棲霞銀杏

有二在大殿前可四五抱蒼鬱奇古是前朝物其一結乳如石筍下垂相傳千年始生世間惟松檜銀杏住世最久至結乳如石筍下垂則奇矣

觀音閣石鏡

靈谷寺成大士現夢有手提魚籃之影因建此閣中有石壁高廣幾二丈厚徑尺白皙紅潤光可鑑人鬚眉此鍾山東嶺石也眞堪與

茅山爭勝

定林乳鐘

卽景陽鐘有一百八乳乳各異聲相傳有中貴移去叩之無聲返寺如故今靈谷亦有之乃勝國時造製頗可觀古物獨鐘最多其文古者眞堪摩賞

木醴

陳禎明二年覆舟山松栢林冬月出木醴後

主以爲甘露之瑞俗呼爲雀餳醴木脂也脂盡則枯矣是謂木眚

諸葛枕

裕民坊民家淘井得一瓦枕上有一符符下有驅瘧二篆字相傳武侯所製病瘧者枕之即愈物出武侯製者蜀地不時得之直是仙蹟

二異鏡

馴象門外操軍耕田得鏡半面能照地中物持之偷墳掘埋大有所獲大中橋陳姓者買一宅于垣墻中得一木匣匣藏長柄小鏡照面則頭痛凡古鏡得水火眞精埋光愈久幻而爲妖亦有奪人尸氣以作孽者雜見廣記諸書

三丰簑笠

張三丰留簑笠二物與岐陽王曰公家將有

横禍絶粒當急難時可披簑頂笠呼我後大獄興彼收糧絶乃依所言呼之俄前後圃中及隙地内皆生穀不逾月熟因食得不死其後呼之不生矣三丰術固神亦岐陽王未應入餓鬼籙耳

寶公法被

靈谷寺有誌公所遺法被四面繡諸天神像中繡三十三天崑崙山香水海高一丈二尺

濶如之眞齊梁時物誌公神僧亦恠僧也其

蹟多異不勝紀

劉長春玉冠

長春劉眞人葬于鳳臺門七眞觀時遣吳行

人營葬一堪輿云穴在五尺上一云在五尺

下相爭不決吳公曰眞人無後何風水爲遂

酌中葬之得一石盒盒盛一玉冠盖上刻劉

眞人玉冠五字此與滕公石室何異然此類

從來甚多若刻玉冠字大是幻惟

石上觀音像

通濟門外橋石上生成大士像今供一小庵中大士像巖洞中自然成者甚多東坡所謂觀世音之變也眞無處不現矣

詳覽金陵諸紀志獨天文不書厥有深意偶編奇蹟漫略及之而鳥獸草木金玉土石之異亦得錯見夫亦以博好奇者一粲耳大都

山川有奇勝人有奇會因有奇遊有奇句奇焉斯勝矣所謂畸人天遊者哉

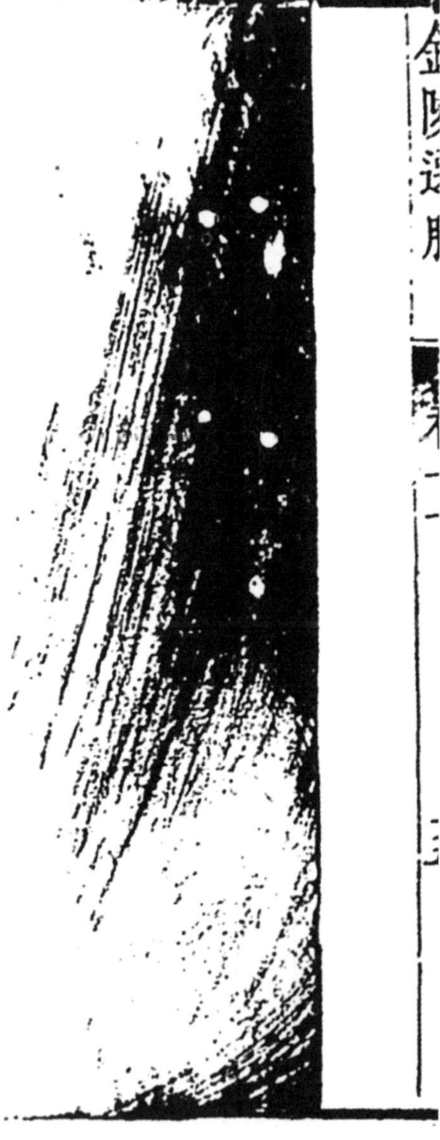

金陵選勝卷之十二

逸事

金陵表慶　僧之董狐

膏腴地胏　江南藏書之盛

筆不停綴　潘玉妃死義

昇元寺石記　天水碧

牝狙綱網　鹿作人語

三山磯祠　渡江遺火

天子好風流　新洲搗藥

銅螭署　桃葉自有歌

小史遇盧君女　曇敞貂襜

幸何美人墓　梁武君臣贈答

婺華詩答　武人求賦詩

顏謝詞評　紀瞻社稷臣

臺城妓詞　朱雀門小兒歌

右軍與謝萬書　此地十倍

七歲屬文　　南唐國子巷

二蕭雋語　　宮苑仍吳舊

蔣山林木　　南唐帝友愛

死官遇陳宮人　　北苑巨然名筆

越臺曲　　入金則鑠

南唐樂人葬處　　換却鳳凰池

澄心堂紙　　卜築金陵

熙載南遷表　　羲之告誓文

謝氏蘭玉集　江南名畫

唐江寧詩人　烏衣國

努目低眉　彥倫菘韭

後主造鐘　武帳罔訓子

死官商略人物　乃圖作佛

卓越年少　誰運聖人

辛秀才酒　後主錯金書

鍾隱筆　錦繃圖畫

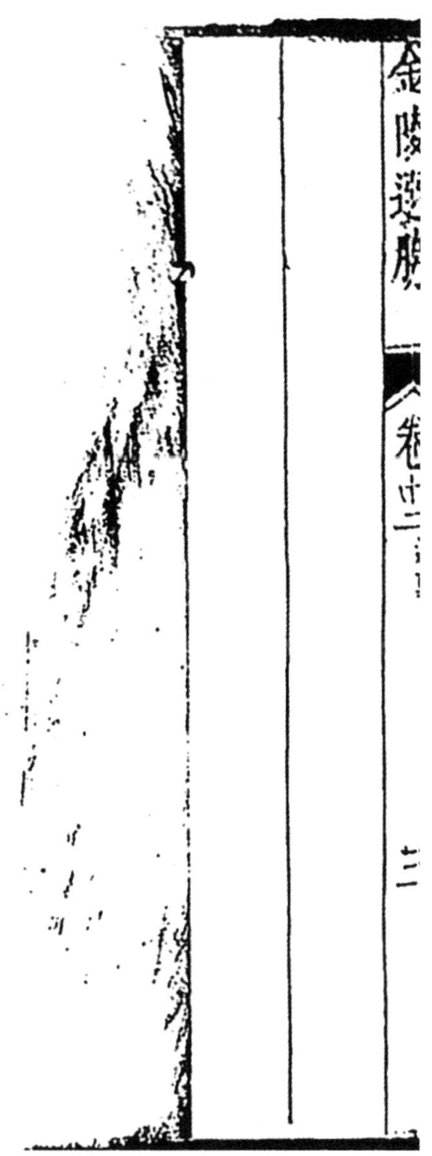

逸事

金陵表慶

金陵爲斗分晉永嘉中歲星熒惑太白聚牛女間識者以爲吳越之間當興王者是歲元帝登寶位故史臣曰星斗呈祥金陵表慶三百年建都之兆已見於此

僧之董狐

魏李騫崔劼至梁同泰寺主客王克舍人賀

季友及三僧迎門至浮圖中佛傍有執板筆者僧謂纂曰此是尸頭專記人罪纂曰便是僧之董狐復入二堂佛前有銅鉢中燃燈劫日可謂日月出矣爝火不息劫語大有刺諷鬼之董狐經人道過

膏腴地肺

圖經云金陵者洞虛之膏腴句曲之地肺其土肥良故曰膏腴水至則浮故曰地肺土壤

風氣可謂逼肖

江南藏書之盛

徐鍇處集賢校理朱黄不去手非暮不出常指其家曰吾直寄此耳少精小學故所讐書尤審諦江南藏書之盛爲天下冠鍇力居多至今金陵書刻繁富精好他莫能及其鍇之流風耶

筆不停綴

史虛白與韓熙載歸江南宋齊丘方柄用虛白日彼可取而代也齊丘不平欲窮其技召與宴飲設倡樂奕棋博戲酒數行雜出書檄詩賦碑頌使製之虛白正酣命數人執紙口占筆不停綴衆篇悉就詞采磊落夫齊丘且奪人化書何能與虛白角勝可發一哂

潘玉妃死義

南史東昏潘玉兒有國色武帝將留之王茂

曰亡齊者此物留之恐貽外議帝乃出之軍
主田安啓求爲婦玉兒泣曰昔日見遇時主
今豈下匹非類義不受辱乃縊而死等死耳
過辱井二嬪遠矣

昇元寺石記

南唐將亡數年前修昇元寺殿掘得石記辭
曰莫問江南事江南事可憑抱雞昇寶位趣
犬出金陵子建居南極安仁秉夜燈東隣嬌

小女騎虎踏河氷宋師以甲戌渡江後主實以丁酉年生曹彬爲大將列栅城南爲予建也潘美爲副將城陷恐有伏兵卒縱火郎安仁也錢俶以戊寅年入朝盡獻浙右之地數固前定哉

天水碧

南唐將亡前數年宫中人挼薔薇水染生帛一段忘收爲濃露所漬色倍鮮翠因令染坊

染碧必經宿露之號爲天水碧識者以爲天水趙之望云隋將亡宫人歌云李花結果自然成與此相似

牝狙觸綱

李後主獵於青龍山一牝狙觸綱見後主兩淚稽顙屢指其腹主戒虞人保守之是夕誕二子還幸大理寺親録囚徒一大辟婦以孕在獄未幾産二子煜感牝狙之事罪止於流

六國之主有此一念亦自可傳

鹿作人語

開寶七年金陵苑圃中鹿忽一旦人語牧者

叱之鹿亦叱牧者曰明年今日汝等俱作鬼

物苑圃荒涼焉能拘我明年宋師渡江煜苛

虐淫縱鳥驚獸駭乃有此孽

三山磯祠

李珣字溫叔都官外郎幼女也八歲能詩適

江夏人王常同泛舟商江湘間裴徹爲江州淸風亭記常方嘆美珦曰未之盡也何不云好山綠水萬里有盡處淸風明月千古無老時一日舉其文于徹徹卒用其言爲破題不久常死珦溺舟三山磯下後三日尸忽出水面土人異之爲立廟熙寧中都山張芝過作三絕挂于廟中既夜青衣召云娘子奉候久矣芝曰娘子爲誰青衣曰蚤來獻詩與誰耶

芝乃悟見一婦人謂芝曰早來隹章欲托以夢寐哉不能盡所懷故求面見妾溺此時水官令賦詩及校九江會源録一夕而畢水官大悅令江中出尸顯靈今有祠血食于此子之詩意所不敢當答以詩芝嘆賞久之俄出白金三百贈芝曰煩確一石載妾前事亦有奉報芝受其金送之出幄則巳五鼓矣芝之後因循不爲立石舟過此磯幾至覆溺咄嗟此

婦貪身後名乃爾校九江會源錄事甚恠登夷幽宮亦重文獻耶小說載諸龍宮事似不盡誕

渡江遺火

晉元帝渡江隨帝有王離妻李氏者洛陽人將洛陽舊火南渡自言受道於祖母王氏傳此火并遺書二十七卷使行此火勿令斷絶火色甚赤異於常火有靈驗病者將火煮藥

及炙皆愈及李氏卒火亦隨滅人號其所居爲聖火巷今在城東南三里此與晉長明燈同類

天子好風流

南唐元宗初年留心内寵常乘醉命樂工楊花飛奏水調詞進酒花飛惟歌南朝天子好風流一句如是者數四上既悟厚旌之且曰使孫陳二主得此一句固不當有銜璧之辱

此亦俳優諧諫之流然悟者亦鮮

新洲搗藥

宋武帝伐荻新洲見大蛇長數丈射之明日復至洲聞有杵臼聲往覘之有童子數人皆着青衣于蓁中搗藥問其故曰王爲劉寄奴射傷搗藥傅之帝曰汝王神何不殺之曰寄奴王者不可殺帝叱之皆散去今薛家洲其地也藥名劉寄奴草卽此

銅螭署

臺城刻漏署本洛陽故物宋平姚秦遷於此魏明帝爲太子時以玉手板刺螭口中不得出後人常見白蝘蜓在内元帝移之江陵玉手板亦解作惟耶哉亦明帝有靈

桃葉自有歌

王獻之桃葉歌桃葉復桃葉渡江不用檝但渡無所苦我自迎接汝桃葉復桃葉桃樹連

桃根相憐兩樂事獨使我殷勤桃葉答云桃葉映紅花無風自婀娜春花映何限感郎獨采我桃葉復桃葉渡江不待櫓風波了無常沒命江南渡人知獻之有歌而不知桃葉亦自有歌不枉與文人作合

小史遇盧君女

建康小史曹著爲盧山君迎至廟門外置一大甕可受數百斛嘗有風雲出其中盧君夫

人呼其女婉出見著容色甚麗著大悅夫人命婢瓊林取琴命婉鼓之婉撫琴歌曰登廬山兮鬱嵯峨晞陽風兮拂紫霞招若人兮濯靈波欣良遇兮暢雲柯彈鳴琴兮樂莫過雲龍會兮登太和夫人因以婉妻著居頃之著求還婉泫然賦詩爲别贈以織成衫𧜀如此奇會惜小史不能和答令人短氣

曇巖貂𧜀

曇徹晚居建康烏衣寺彭城王義康遺之貂裘徹以爲褥義康陰使人以錢三十萬買之不從謝靈運嘗就問徹經中奇字見十八高賢傳如徹者人豈可得而衣被耶

幸何美人墓

齊武帝出遊鍾山幸何美人墓有朱碩仙善歌歌云儂憶所歡時緣山破芿荏山神感儂意盤石銳峰動帝神色不悅曰小子不遜時

朱子尚亦善歌復爲一曲云曖曖日欲宴歡騎立踟躕太陽猶尚可且願停須臾帝悅倶賞厚賚帝又有估客樂一曲追憶布衣時樊鄧往事令釋寶月被之管絃

梁武君臣贈答

武帝朝中書侍郎謝覽侍中王暕常奉旨爲詩答贈帝賜詩曰雙文卽後進二少實名家豈伊止棟隆信乃倶聲華張率亦侍宴賦詩

帝賜率曰東南有才子故能服官政余雖慙

古昔得人今爲盛帝宴壽光殿詔羣臣賦詩

時劉孺張率並醉辭未及成帝取孺手板戲

題之曰張率東南美劉孺洛下才攬筆便應

就何事久遲回如此好文傳紛大家恐未必

能爾

婺華詩巷

沈婺華後主之后望蔡侯君理女也以張貴

妃權寵經年不得一御後主常御后處暫入即還因戲贈曰留儂不留儂不留儂也去此處不留人自有留人處后因答云誰道不相憶見罷倒成羞情知不肯住教妾若爲留末二句凄婉可憐何必千金買賦

武人求賦詩

梁曹景宗累于天監初立軍功武帝於華光殿宴飲聯句沈約賦韻景宗不得韻意色不

平啓武帝求賦帝曰卿伎能甚多何止一詩景宗求不已乃今賦競病二字景宗立就曰去時兒女悲歸來笳鼓競借問行路人何如霍去病帝大賞之此與曹翰事相類有此伎倆宜其求賦然栢梁之咏亦自不棄武人只此二字許誰再押

顔謝詞評

宋武嘗吟謝莊月賦稱歎良久謂顔延之曰

希逸此作可謂前不見古人後不見來者昔陳王何足尚哉延之對曰誠如聖旨然其曰美人邁兮音信闊隔千里兮共明月知之不亦晚乎帝深爲然及見希逸逸對曰延之詩云生爲長相思没爲長不歸豈不更加於臣耶帝拊掌竟日二人並係名言不得優劣

紀瞻社稷臣

瞻字思逸秣陵人才兼文武朝廷稱其忠亮

雅正明帝一日引于廣室慨然言社稷之臣欲無復十人如何因屈指曰君便其一瞻擬議辭遜帝曰方與君善語何事謙挹瞻事詳傳謂社稷臣良然

臺城妓詞

金陵詞是臺城妓作宫中細草春紅濕宫内纖腰碧窓泣惟有虹梁春燕雛猶傍珠簾玉鈎立絶似婦人口中語令夢得諸君揮毫不

必遠勝

朱雀門小兒歌

桓玄篡位後朱雀門中忽見兩小兒通身如墨相和作籠歌云芒籠茵繩縛腹車無軸倚孤木路邊小兒和之聲甚哀楚日就夕小兒入建康縣至閣下遂成雙漆鼓槌明年桓敗車無軸倚孤木桓字也荆州送玄首用敗籠茵包之又芒繩縛其尸沉諸江中悉如所歌

右軍與謝萬書

書云頃東還修植桑果今盛敷榮率諸子抱弱孫遊觀其間有一味之旨割而分之以娛目前雖植德無殊邈猶欲教養子孫以敦厚退遜或有輕薄庶令舉策數馬彷彿萬石之風觀此王氏家法亦可槩見令人動言江左風流者謂浮薄此自不知王謝者

此地十倍

沈約遷尚書令雖名位隆重而居處儉約嘗立宅鍾山下旣成劉杳贊之約報云恵以二贊詞藻妍富便覺此地十倍約居金陵金陵以約重何翅萬倍

七歲屬文

宋謝朏七歲能屬文父莊遊土山使朏命篇攬筆便就此是再來慧業

南唐國子巷

南唐跨有江淮集墳典特置學宮濱秦淮開國子監舊志在鎮淮橋北御街東人至今呼國子監巷

二蕭儁語

蕭頴士蓬池禊飲序云晉氏中朝始參燕胥之樂江左宋齊又間以文詠風流遂遠鬱爲盛集蕭子範家園三日賦云聊潔新而濯故式東流之清軌右瞻則青溪千仞北顧則龍

盤秀出二蕭皆能作雋語

宮苑仍吳舊

宮苑記吳大帝遷都建鄴曰太初宮者卽長沙王故府徙武昌宮室材瓦所繕也曰臺城宮省所寓也曰東府宰相所居也曰西州諸王所宅也曰倉城儲蓄所在也晉瑯琊王渡江因吳舊都而居之宋齊以下間有改築其經畫皆仍吳舊

蔣山林木

蔣山本少林木晉令刺史罷還者種松百株宋諸州刺史罷職還者栽松三千株下至郡守各有差退休林園只宜灌園種樹況乃名山故是助勝

南唐帝友愛

元宗性友愛弟景遂景遏景達出處遊宴未嘗暫捨元日雪止召諸弟登樓展宴賦詩詩

成賜李建勳建勳方會徐鉉張義方于溪亭即時和進帝召三人同入夜分方散景遂集名公圖其事御容高冲古主之太弟以下侍臣法部絲竹周文矩主之樓臺宮殿朱澄主之雪竹寒林董元主之池沼禽魚徐崇嗣主之圖成無非絕筆侍臣屬詠徐鉉爲前後序

文多不載此又勝于花萼樓矣

𢈔官遇陳宮人

會昌中有顏濬秀才遊瓦官寺遇二美人一稱張貴妃一稱孔貴嬪所談皆陳朝故事語濬曰今日偶此登臨爲惜高閣不久毁除故來一别耳後數月其閣果因寺廢而毁裴硎傳奇有二妃及美人趙幼芳賦詩濬和經宿乃别自是小說家本色

北苑巨然名筆

江南中主時有北苑使董源善畫尤工秋嵐

晚景多寫江南眞山不爲奇峭之筆其後建業僧巨然祖述源法皆臻妙理大底源及巨然畫其用筆甚草草近視之幾不類物象遠觀則景物粲然幽情遠思如覩異境如源畫落照圖村落杳然深遠悉是晚景遠峰之頂宛然有返照之色眞絕品也

越臺曲

越王臺在長干里范蠡佐勾踐與楚爭霸築

城泰淮之南臺卽越城故趾也小說乃謂越女嫁江南國主爲妃以其地卑濕運越土築臺以居詞人因有爲越臺曲者語亦流易似不足據

入金則鑠

黃巢爲亂將攻金陵人解之曰王勿攻也王名巢入金則鑠矣巢因引去見後山叢談此戲巢語殺鏡新磨則銅無光皆是此類

南唐樂人葬處

金陵樂官山南唐樂官葬處曹景有序云南唐初下時諸將置酒將作樂樂人大慟殺之聚瘞此山因名樂官山詩云城破轅門宴賞頻伶倫執樂淚沾巾駢頭就死緣家國愧殺南歸結綬人嗟乎彼聚樂器以焚主者何心哉

換却鳳皇池

南康徐鍇久次當遷中書舍人游簡言當國每抑之曰以君才地何止一中書舍人然伯仲並居清要物忌太盛不如少遲之鍇頗怏怏簡言徐出伎佐酒所歌皆鍇詞鍇大喜乃起謝曰丞相所言乃鍇意也鉉聞之嘆曰弟癡絶乃爲數闋詞換却鳳皇池耶二徐兄弟並才人又善八分豈羨一鳳皇池者

澄心堂紙

江南後主造澄心堂紙甚爲貴重宋初紙猶有存者歐公曾以二軸贈梅聖俞梅以詩謝曰江南李氏有國日百金不許易一枚當時國破何所有帑藏空竭生莓苔但存圖書及此紙棄置大屋墻角堆幅狹不堪作詔命聊備粗使供鸞臺相傳淳化閣帖皆此紙所榻歐公五代史亦用屬草此帖此史紙價當貴萬倍

卜築金陵

朱遵度本青州書生好藏書隱居不仕保大中卜築金陵著鴻漸學記一千卷羣書麗藻一千卷漆經數卷皆行於世如此卜築無負茲勝地矣

熙載南遷表

熙載墓在今聚寶門外雨花臺久不知其處其南遷上表云無積草之功可稗於國有滔

天之過自累其身老妻伏枕以呻吟稚子環
牀而坐泣三千里外送孤客以何之一葉舟
中泛病身而前去後主覽而憐之遂免南行
尋卒于城南戚家山賜衾裯以殮贈平章事
所司謂無例後主曰當自我始徐鉉祭文有
云黔婁之衾賜從御府季子之印佩入泉扃
此語微有嘲意

羲之告誓文

王右軍告誓文今所傳即其藁草不具年月日朔其眞本云維永和十年三月癸卯朔九日辛亥而書亦眞小開元初年江寧縣瓦官寺修堂匠人於鴟吻内竹筒中得之與一沙門至八年縣丞李延業求得以獻岐王便留不出十二年王家火圖書悉爲灰燼此書亦見焚蓋異物化去矣

謝氏蘭玉集

安石墓在雨花臺梅子岡後遷葬長興九鵶岡子孫因有居其地者謝以文學世其家安石而下歷宋齊梁陳凡十有六人詩三百四十餘篇爲謝氏蘭玉集十卷吳興汪聞爲序

江南名畫

圖畫見聞志云艾宣金陵人工畫花草翎毛孤標雅致別是風規敗草荒榛尤長野趣叔有昇州昭厲慶工佛像尤長於觀音句容郝

澄以丹青自樂周文規能畫鬼神冕服車器人物昇元中命圖南莊最爲精絶建康蔡潤善畫舟船及江湖水勢曹仲元劉道士工佛道鬼神竺夢松顧德謙工人物女子宫殿臺閣艾宣見稱於東坡謂氣格不凡爲近代之冠　國朝多名手不能盡述

唐江寧詩人

唐開元中詩人江寧有王昌齡人稱爲王江

寧據今瑣言所載開皇中庾抱仕至太子學
士開元中處士徐延壽左拾遺孫處立進士
冷朝陽許恩孫華陳羽項斯士人康洽釋子
中孚中孚李太白族侄又太白上裴長史書
云白家本金陵世爲右族遭沮渠蒙遜之亂
奔流咸秦因官居家觀此語白亦金陵人矣
題金陵詩獨至三十餘篇始終于金陵有緣

烏衣國

王謝衣冠之盛甲于金陵所居烏衣巷故杜詩云王謝風流遠又云從來王謝郎乃劉斧摭遺載烏衣傳以王謝爲一人其言惟誕遂托名于錢希白又取夢得詩實其事可謂誣妄按斧六朝事跡云王謝金陵人世以航海爲業一日海中失船泛一木登岸見一翁一媪皆衣皂引謝至所居乃烏衣國也以女妻之既久謝思歸復乘雲軒泛海至其家有二

燕栖梁間謝以手招之飛至臂上取片紙書小詩繫其尾因誤到華胥國裏來主人終日苦憐才雲軒飄去無消息灑淚臨風幾百囘春日燕又飛來謝身有詩云昔日相逢眞數合于今睽遠是生離來春縱有相思字三月天南無鴈飛來歲燕竟不至因目謝所居爲烏衣巷此事亦可解頤

努目低眉

隋薛道衡嘗遊鍾山開善寺謂一沙彌曰金剛何爲努目菩薩何爲低眉沙彌荅曰金剛努目所以降伏四魔菩薩低眉所以慈悲六道道衡憮然稱善大都釋氏之教大旨不過如此能降伏便慈悲矣所謂以嗔喜作佛事

彦倫菘韭

周顒字彦倫隱居鍾山終日長蔬獨處山舍甚機辨王儉謂顒曰卿山中何所食顒曰赤

米白鹽緑葵紫蓼文惠太子問顒菜食何味

最勝顒曰春初早韭秋末晚菘吁歎我松桂

誘我猿鶴終不及一灌園翁

後主造鐘

江南李氏時有一民死而復蘇云至冥司見

先主被五木甚嚴曰吾爲宋齊丘所誤殺和

州降者千餘人汝歸謂嗣君凡寺觀鳴大鐘

苦則蹔息或能爲吾造一鐘甚善後主乃造

鐘清涼寺鐫云追薦烈祖孝高皇帝脫幽出苦見新志嗟乎鳴鐘乃能脫人罪過哉此後世幽冥鐘作俑

武帳岡訓子

岡在幕府山東南側有武帳堂宋武嘗開宴于此勑諸子且勿食至所賜饌日旰不至有饑色乃戒之曰汝曹少長豐佚不見百姓艱難今特使汝識有饑苦有父如此庶免食糜

問畦

瓦官商略人物

劉丹陽王長史同在瓦官寺集桓護軍亦在坐共商略四相及江左人物或問杜弘治何如衛虎桓荅曰弘治濬清衛虎奕奕神令王劉善其言斯足當人倫之鏡

乃圖作佛

何次道往瓦官寺禮拜甚勤阮思曠語之曰

卿志大宇宙勇邁終古何曰卿今日何故忽
見推阮曰我圖數千戶郡尚不能得卿乃圖
作佛不亦太大乎人有云出家乃大丈夫事
豈其然乃以視數千戶郡有識者定當勘破

卓越年少

張永嘗請斌公開講永問斌京下復有卓越
年少否斌言有沙彌道慧法安永即要請令
道慧覆涅槃法安述佛性二人神色自若敘

致無遺永問年幾慧言十九安言十八永嘆曰昔扶風朱勃能誦書詠詩時號才童今日二道士可稱義少沙彌如是故是卓越

誰運聖人

僧意在瓦官寺王苟子來與共語便使其唱理意謂王曰聖人有情不王曰無重問曰聖人如柱耶王曰如籌筭雖無情運之者有情意云誰運聖人耶苟子不得荅而去然自無

可開口處

幸秀才酒

章思順金陵老儒也皇祐中沽酒江州人無賢愚皆喜之時刼江賊方熾有一官人艤舟壚下偶與順相善順以酒十壺餉之已而被刼盜飲此酒驚曰此幸秀才酒耶官人識其意卽曰我與幸秀才親舊賊相顧嘆曰吾黨何爲刼幸老親哉歛所刼還之且戒曰見幸

愼勿言賊亦有人心哉幸不言可知矣

後主錯金書

頃見後主錯金書題藏眞書千文曰戴叔倫詩云詭形怪狀翻合宜誠哉是言今見藏眞自敘乃有叔倫全章此卷眞蹟豈亦集賢所

著耶

鍾隱筆

江南府軍中書畫至多其印記有建康文房

之印内合同印集賢殿書院印以墨印之謂之金圖書言惟此印以黄金爲之諸書畫中時有後主題跋然未嘗題書畫人姓名惟鍾隱畫皆後主親筆題鍾隱筆三字後主善畫尤工翎毛或言凡書鍾隱筆者皆後主自畫後主嘗自號鍾山隱士故晦其名耳今世傳鍾畫無後主親題者皆非也

錦繃畫圖

張文潛云予自金陵月臺謁蔣帝廟初出北門始辨色行平野中時暮春人家桃李未謝西望城壕水或流或絕多鵁鶄白鷺迤邐傍山風物如行錦繡畫圖中吁此語良然

訪跡製圖

建康六朝故都葉石林少蘊居留日嘗命諸邑官能文者㨛訪古跡製圖經時石橋林敏若子邁主上元簿考覈詳多以荆公詩引証

號上元古跡圖此亦可稱好文者

蘇王鍾山詩話

東坡自黄徙汝過金陵荆公野服乘驢謁于舟次東坡迎揖曰軾今日敢以野服見相公公笑曰禮豈爲我輩設耶乃相攜遊蔣山方丈飲茶公指案上大硯曰可集古詩聯句賦此東坡應聲曰軾請先道一句因大唱曰巧匠斲山骨公沉思良久起曰且趂此好天氣

窮覽蔣山之勝及東坡渡江至儀真和荆公遊蔣山詩公讀至峰多巧障日江遠欲浮天撫几嘆曰老夫一生詩無此二句二公皆仙才不可及

金陵圖詩話

唐韋莊金陵圖詩云江雨霏霏江草齊六朝如夢鳥空啼無情最是臺城柳依舊烟籠十里堤謝疊山云臺城乃梁武餓死之地國亡

身滅陵谷變遷人物换世惟草木無情只如前日此柳必梁朝所種至唐猶存無情依舊四字最妙

獅子國王

賈魏公尹京日忽有人來展刺謁曰前江南國主李煜相見則一清癯道士也公云太師已物故何得及此曰某幼探釋氏未達誤有所見今爲獅子國王偶思鍾山而來懷中取

一詩授公曰異國非所志煩勞姝清閒驚濤千萬里無乃見鍾山公讀之隨手灰滅熤能文沒猶好名然酷似其口中語

東坡大士像

在崇因寺坡自須李端叔跋曰吾卜葬亡妻崇因長老欽公謂余曰子胡不禱觀音東坡南遷嘗禱而應遂作頌前人已刻石後有詔所在東坡墨蹟皆燬人不敢違余問石所在

曰或碎矣索之力乃得于庫中米廩没壁土深數寸曳出加湔洗而燦然如未嘗燬者蓋先是刻馬祖龐居士用其餘刻頌像已斷裂而頌獨全惜今不知所在

同寮得一文士

葉石林少藴至新林因江林尉林恪謁于道旁忽問新林之名林卽對乃王坦之倒執手扳地葉大喜曰不期同寮中得一文士未幾

以左傳托其點抹其見賞如此前輩好奬引人不局曲多此類

王荆公墓

在蔣山東三里與其子雱分昭穆而葬紹聖初吕吉甫知金陵時侍制孫君孚責知歸州經從吕燕待甚厚一日報謁清涼寺問孫曾上荆公墳否蓋當時士大夫道金陵未有不往者五十年前土人節序亦往致奠時之風

俗如此曾子固有上荆公墳詩見曲阜集

新公塔銘

高座本晉時古刹而碑碣絶無小碣隱于聚莽乃紹興中甘露傳燈正祖大師法永爲東講院主慧新立者文與字雖不甚佳實雨花遺跡内言新公負母禮補陀遇大士化現曰觀音不在南方汝途中錯過又曰以有爲力易無漏智事亦奇句亦古

窅娘善舞

李後主宫嬪窅娘善舞後主作金蓮高六尺令窅娘以帛纏足令纖小屈上作新月狀素襪舞其中此與潘妃事同今人但知東昏不知李後主知金蓮步不知金蓮舞可備詩料

舊内媚蘭遺句

南寧伯毛公留守時灑掃舊内見别院墻壁多舊宫人題詠年久剝落不可盡識其一署

云媚蘭仙子書末二句云寒氣逼人眠不得

鐘聲催月下斜廊可入宮詞

建文故臣

永樂中有一人居洞庭湖濱久而復有二人至聚居一室不輕出門風月之夕則棹小舟泛湖而飲飲醉而歌歌竟相持大慟而歸已而一人病革呼其隣曰吾欲告汝姓名恐爲汝累不言汝終見疑柰何其人固請乃曰我

建文朝翰林編修也幸葬我湖旁某山下居人收葬之其二人不知所在嗟乎爾時毀形匿跡泯没無聞者不知其幾至今令人酸鼻

雨花臺詩刻

詩刻集遊雨花臺詩也寺僧寂菴刻焉而桑民悅先生爲之序略曰予熟遊金陵兹臺屢登焉每一送目詩景滿前物一致而態屢變詩亦隨之鍾山雲林卿日半規其詩黯以

淨黄屋擎天紫氣陸離其詩壯以麗江㴋浪喧風帆搖曳其詩閎以激長干繁華鳳臺嵯峨秋高氣清長空烟縷几三國六朝與亡蕭颯之意與夫王謝周庾諸公風流藴籍之態無不㴋畫于中其詩抗之而行蒙之而明平之崚嶒其寘寘其澄澄孰能盡暴其形傳其聲是知其有餘不盡之景雖盡經騷人墨客之所品評者又安能俾其精英有所虧成也

哉詩自唐至　國朝凡若干首讀之光彩爛然是炳天所雨之珠玉𥶡于花當萬倍也寺有八景臺之外有七曰聚寶山曰手植松曰中乎塔曰掞秀堂曰永寧泉曰銅鐘碑曰白石庵各有故事不能盡述云云此文高華亮雋金陵諸勝宛在目前眞可觸遊人吟興寺僧彙而刻之亦文字禪也惜板久不存諸刹未必盡然耳

逸事摭遺也事種種錯見載籍金陵諸志乘未必盡録僅摭其雅馴者存之然耳目有限也所逸尚不可知矣以故代無次第事鮮倫類近代稗説家多闕焉闕疑耳嗟嗟古今之逸可勝道哉

金陵選勝　卷十二

金陵人物畧

里産　寓止

宦遊　丘墓

享祀

里産

東漢

史灝　史茅　史洽　史澤　史鉉　史嵩

吴

陶瓚　朱治　朱然　朱績

晉

紀瞻　薛兼　張闓　許邁　陶回　王諒

樂道融　甘卓　許穆　葛洪　史萬壽

史奭　史光　史憲　史雅

齊

諸葛穎　劉係宗　陶弘景　寶誌東陽鎮

梁

紀少瑜　陶子鏘　陶季直　丁感序

張松

陳

馬樞茅山　周韶方山　江總青谿　駱文牙土山

孫瑒青谿

唐

許叔牙　張常洧　崔芊　劉鄴　史務滋

史寔　許淹

宋

潘溫之　錢時敏　李朝正　錢周材　史

思賢　廖行　邵必　陳克　李華　錢戩

潘祺　吳柔勝　洪遜　朱舜庸

寓止

東漢

嚴光 結廬溧水 史崇 世居溧陽 許光 居句容

吳

是儀臺城西 張昭長干北 陸機秦淮

晉

王導 謝安 紀瞻並烏衣巷 郗鑒青谿側

謝尚興嚴寺 謝萬長樂橋 王僧虔馬糞巷 謝

玄土山 吳隱之東城 許穆雷平山

宋

雷次宗鍾山西岩 周續之鍾山 檀道濟青谿

北 何尚之南澗寺側 謝幾卿白楊石井 周捨

蔣山

齊

周顒鍾山西岩　劉瓛檀橋　蕭坦之城東　陶弘

景茅山

梁

朱异　沈約　伏曼容　伏挺　范雲　朱

异　韋載　淳于量　盧郢並居建康

陳

王僧孺方山下

唐

韋渠牟　鍾輻並居鍾山

南唐

李建勳鍾山　孫晟鳳臺山　徐鉉㯓山　宋齊丘

鎮淮橋北

宋

閻彦昭　呂宣溫並居溧陽　王安石半山寺

蔡寬夫在今貢院　劉岑溧陽　陳巳竹街　汪膠

汪灝並笪橋

宦遊

周

范蠡越王將軍築越城

東漢

潘乾爲溧陽長　蔣子文秣陵尉

晉

劉超句容令 顧昌 胥勝並建康人 諸葛恢
臨沂令 王舒 阮裕並溧陽令 陶潛鎮軍参
軍 袁瓌丹陽令

宋

鮑昭秣陵令 顧憲之 劉秀之 張永 陸
徽 江秉之 沈浚並建康令 鄭襲江乘令
臧燾臨沂令

齊

褚球溧陽令　王擒　王沈並秣陵令　劉元明

劉係宗　賀道方　鍾岏　蕭懷　蕭涎並建康令

梁

樂法才　傅翽　謝挺　孔奐並建康令　孟智臨沂令

陳

劉沼　司馬申並秣陵令　蕭引　張雉才

阮翺並建康令　明仲璋臨沂令

唐

王逌　竇叔向　白季康　陸該　岑仲休

並溧水令　柳均　李敘　鄭宴並溧陽令　楊

於陵句容簿　宋鄰　孟郊並溧陽尉　王昌齡

江寧令

南唐

康仁傑溧陽簿　張知白句容尉

宋

曹彬昇州行營統帥　李及昇州觀察推官　楊邦乂教授改溧陽令　程顥上元簿　虞允文督府參謀　張栻督府機宜　周必大教授　馬之純運管

丘墓

周

左伯桃　羊角哀並溧水縣南

西漢

甄邯 後湖側

東漢

史崇 溧陽 許光 句容

吳

葛彧 溧陽南 江寧 直瀆山 葛玄 句容西南

晉

山簡 覆舟山陰 王祥 城西南 謝安 梅頤岡下

壺冶城　紀瞻句容　衛玠新亭　顔含靖安道傍

史萬壽　史狻　史光　史憲　史雅　呂

游　呂員　馬訓並溧陽

宋

謝濤土山　謝惠連上元

齊

明僧紹攝山

梁

葛府句容 陶弘景句容 雷平山 周弘正

唐

顏眞卿來蘇鄉 史務滋溧陽

南唐

張詠石頭城後 李金全金陵鄉七里鋪 高越

攝山

宋

楊邦乂南門外 王安石半山寺後 張瓌長寧

鄉管元善下蜀鎮楊宗閔鍾山鄉葉祖洽宣

義鄉錢周材燕山王德鍾山李邈青龍山于

瑋鍾山鄉盛新武岡山錢端修溧陽南張保

鳳臺鄉趙彥金陵鄉錢元英溧陽張孝祥上

元趙士岍句容崔敦詩溧陽南李朝正董

平並溧陽北李處全溧陽魏良臣王端朝

並溧水程孫清凉寺

享祀

周

羊左貞義女

東漢

史祖廟　蔣帝廟

吳

張婁侯昭　是尚書儀　周將軍瑜

晉

卞將軍壺　謝將軍玄　梅將軍頤　王導　謝安

劉琨　祖逖　顧榮　賀循　紀瞻　鄧攸

周昉　應詹　戴淵　周顗　司馬乘　郗

鑒　陶侃　温嶠　庾亮　劉超　鍾雅

桓彝　陸曄　孔愉　孔坦　何充　蔡謨

顔含　孫綽　王羲之　王述　王彪之

王坦之　桓冲　謝石　陶潛並附元帝廟

宋

雷徵君次宗

齊

劉貞簡瓛　陶侍讀弘景

梁

昭明太子統

唐

顔尚書真卿　李翰林白　孟參謀浩

南唐

李司徒建勳　潘内史佑

宋

姚察使興 曹武惠王彬 周元公敦頤 程淳公灝 程正公頤 張忠定公詠 李恭惠及 包孝肅拯 范忠宣純仁 楊文靖時 鄭介公俠 李文定公迪 傅獻簡堯俞 馬忠肅亮 呂文穆頤浩 李莊簡光 張忠獻浚 張忠宣栻 楊忠襄邦乂 朱文公熹 周文忠必大 趙忠簡汴 吳正肅柔勝 陳正獻俊卿 黃尚書度 劉忠肅珙 馬少師之

純
丘樞密崇　眞文忠　德秀

是編幾脫草有客過而問焉曰金陵諸勝選
蔡具已人物闕焉可乎畣曰小子重闇臆得
二三耳即碑碣品題止存大目矧人物繁重
舉焉能勝耶其芟裁焉而敢耶客哂之曰嘻
是登昆頂而迷瓊琭入鄧林而忘梗杞之足
珎也而既已知存大目矣而奚獨不然亦聞
之晉人乎惟一片石堪與語闇中摸索着亦

可得之語也人至今目攝而子且復然其寧使人狂子毋寧謂癡而略也余悚然無以對爰採焦太史所載錄附卷末以俟遊人摸索若

昭代人文之盛則自有形編在

自述

不慧六過金陵未皇爰止每矚鍾山之紫氣涉秦淮之故墟睠焉興懷亦已久矣客秋北上舟抵石頭忽聞南雍之

命同行色沮不慧不覺自哂金陵要我乎何至相逼乃爾于時車馬在道半笈未攜飽食經行忽忽若夢偶舉是編一二標目綴之壁間申寓公先生見而欣然曰嘻此土自吳越來

陵谷之升沉世故之衰盛風雅之隆替紀志
亦旣彬彬已六朝以降文獻如林代有作者
述焉罔罄若乃勝中之絕象外之奇煙霞久
鬱櫝中曾未經人拈出將在于乎將在于乎
遂極意從臾下懷商推振我於繭閟之隟攎
我以逸出之玄每一就草手自訂勘不慧感
兹同心操觚踴躍十旬甫畢率爾成編嗟乎
鄙野之人幸竊大觀固已摹寫無從應接不

暇矧乃家園道遠筐篚難將僻陋無聞中郎罕遇傭則腕孱弗任質且衰敝不堪而欲憑五六種之書羅千餘年之勝慼滋甚矣徒以大嚼屠門貴且快意染指全鼎忘其枵然用是借餖飣於殘緗拾餘芬于巳唾徵事則寧簡毋贅慮考核之弗周紀實則寧略毋繁懇錯陳之多複間有點綴總攄臆衷亦不過丘壑之前津臥遊之四壁而偶然興到之謦咳

也其於紀載全書猶河漢而無極矣寓公好
我惡其謗拙遂付剞人悠然山水謬附惠子
之知寡矣面顏何辭傖父之誚剞既竣或詆
之曰屬者　國家多事人盛譚兵子且侈言
光景將謂漆室杞人何不慧悚然神奪憮然
口噤徐而起曰走也篆慮不逮茲然竊聞之
蟀吟蟣響維地及時鳧短鶴長續斷叵受走
也在金陵言金陵耳濡毫紀事或亦文學掌

故職乎飽食館人聊以代奕斯不慧之罪也
夫抑有以自解也夫時

天啓二年歲在壬戌暮春始事迄於孟秋殺
青斯竟夢觀居士游美書於雞鳴寺閣

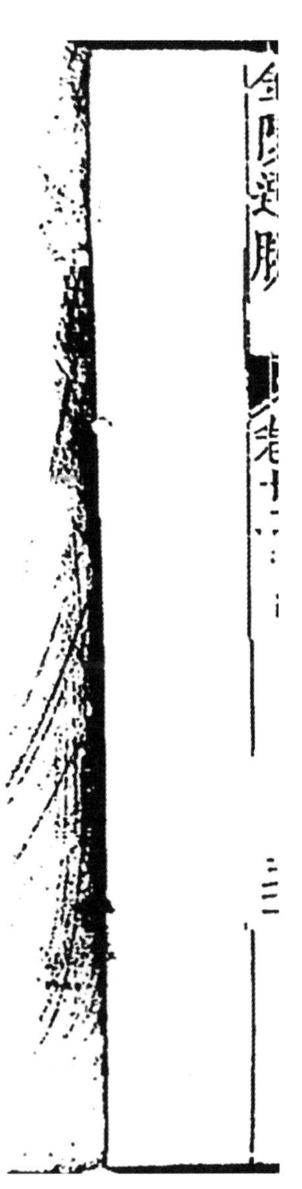

金陵全書

乙編·史料類

金陵遊草

（明）朱朝瑛　著

南京出版傳媒集團
南京出版社

提要

《金陵遊草》一卷，明朱朝瑛著。

朱朝瑛（一六〇五—一六七〇），字美之，號康流，晚號罍庵老人，浙江海寧人。明崇禎三年（一六三〇）庚午科舉人。座師爲大儒黄道周，遂師從之。次年禮闈失利，更加發憤讀書，『自五經諸史、濂洛關閩之書，無所不窺，且旁搜天文、歷律、象數、禮樂、兵農、百家諸子，莫不有以得其指歸而闡發之』。浙籍士子爲黄道周建講堂於餘杭大滌山，朱氏追隨左右，獨通其易象天文之學。十三年（一六四〇）中進士。授旌德縣知縣，『政行數月，民大服』。議調貴池縣，恰值父親在其署中去世，遂丁憂歸。服闋，改授三水令，部議遷禮部儀制司主事。尋遭甲申國變，隱居息交，與同邑張次仲、朱嘉徵朝夕談經，『編釋五經多破前儒成説』。黄宗羲對其經學成就極爲推崇，贊爲『窮經之士』，曾於康熙五年（一六六六）赴海寧與之論學，二人『劇談徹夜，綿聯不休』，爲黄氏平生繼金陵何玄子之後第二次與人暢談五經。著有

《七經略記》《罍庵雜記》《金陵遊草》《正誼堂詩集》等。生平見其侄朱奇齡《先伯父罍庵先生行略》、黄宗羲《朱康流先生墓志銘》，另《國朝耆獻類徵》《南疆逸史》《嘉慶重修一統志》《光緒杭州府志》《民國餘杭縣志》等有傳。

本書卷前有丙子（一六三六）孟冬同邑社盟弟徐元槩（字道力）書叙、社盟弟張華（字書乘）題序、丙子孟冬自序（有缺頁），卷後有冬仲月弟朱朝琮（字方水）題跋。徐元槩、張華同爲復社成員，既然自稱社盟弟，則朱朝瑛也當是復社中人。徐元槩爲崇禎十二年（一六三九）舉人，清順治十二年（一六五五）進士，官編修（作庶吉士）。張華爲清順治八年舉人，順治十六年會試副榜，授諸暨教諭。朱朝琮爲朱朝瑛之弟，貢生。

張華與作者『最爲知交』，稱其『爲人宇度閎深，質任孝友』，其序曰：『年來四方多事，康流慨然有澄清之志。當其適金陵也，覓高皇帝之遺制、風俗之美、城郭山川諸勝，因發爲詩，以道其忠義激烈之懷。昔人有偃息白下，羽翼老莊，以此權之，其於國家得失之林，何如也？』由此可知，當此明末多事之秋，本書所集之詩大抵激於忠義有感而發。作者自序則回顧了學詩作詩的經歷，他自十七歲罹患大病開始好爲詩，後因忙於科舉，『卒歲所僅一二十篇』，六年間僅『存者四十餘篇』，崇禎元年（一六二八）後『歲或一二爲之，而手筆漸疏澁矣』，『六年而得二十餘篇』。崇禎七年秋冬，『旁考歷律，以勾股弧矢之法，參之累黍，頗有所得』，遂又重新思考詩歌禮樂教化的價值，『因思聲音之道未爲絶學，且夫詩者非徒以辭而已，將以被之管弦，奏之郊廟』。其弟作跋，稱他們兄弟三人秋遊南山時感慨『匡廬、衡阜、羅浮、三峽，號稱東南奇偉秀絶者，未得至而遊焉』，其兄朱朝瑛手録南遊諸咏并謂曰：『金陵，蓋名都，群勝萃焉，凡詩之所載亦其一二之略也。今夫四方之所聚，物殷人繁，而兼有山水登臨之樂，名流貴遊寫其幽思賦而紀之者何可勝數，斯且約略數十篇耳。』朱朝琮認爲，這些詩『多山巔水涯紓憂娱懷之言』，也有『導揚聖世之盛美而雍容欲列於雅頌者』。

本書所收古今體詩七十三首，從《舟中遠望》到《謁正學先生祠》，都是作者金陵之遊的作品，四首《哭兒》則是『浪迹已一月』返家後因喪子而作，《庚午同籍諸友爲石齋師構講堂於大滌山》《題郭彦深年丈衍心宗八十四韵》等卷末數篇則與此行没有直接關繫。其中郭彦深年丈，名浚，海寧人，通醫學、戲曲，與作者同遊金陵，但提前返回。據《明史·流賊傳》，崇禎八年（一六三五）高迎祥、張獻忠聯兵東下，『陷鳳陽，焚皇陵』，後『（高）迎祥、（李）自成西去。（張）獻忠獨東，圍廬州、舒城，俱不下。攻桐城，陷廬江，屠巢、無爲、潛山、太湖、宿松諸城』。據《明崇禎實録》，上述戰事發生於一二月間，至十二月『李自成陷和州，殺知州黎弘業、御史馬如蛟等；直趨江浦，焚蘆州』。故本書《城上行》詩有題記『聞客歲之杪，寇逼江而居，編户守城，爲之作《城上行》』，又有《江流》詩之題記『流民避寇，有挾一束葦而渡江者，聞而哀之』。對照《實録》，所謂『客歲之杪』逼江之寇當指李自成部，作者遊南京之時則爲崇禎九年。又據《長干行》中『才到春來二三月，傾城載酒雨花臺』之句，可知其具體時間爲春季二三月間。

從詩集目次看，作者是乘舟江行赴金陵，經鎮江，過燕子磯，僦居鷄鳴山下。因久雨未霽，交遊阻絶，開始衹得兀坐室内，作《懷人操》《鼓吹曲》等。後得就近遊覽鷄鳴山寺（及高皇帝御制志公贊碑、憑虚閣）、功臣祠、觀象臺（及渾儀）、臺城等名勝，次至北山（即紫金山）、三山市、白下橋、烏衣巷、秦淮、雨花臺（木末亭、正學先生祠）、長干報恩寺（報恩塔）等，皆有詩。詩中所提同遊、宴飲、見訪等的交遊對象有徐孺深年丈（名孟邃，字君友，海寧人，曾官貴池知縣）、巽行（未詳）、郭彦深年丈（見上）、司寇趙無聲（名維寰，嘉興平湖人，時官刑部郎中）、趙退之（名韓，趙維寰子）等，主要是嘉興籍人士。

本書有明崇禎九年（一六三六）刻本，原存國立北平圖書館，抗戰時期作爲甲庫善本運赴美國國會圖書館保存，現存臺北『故宫博物院』，有多處漫漶及少量補字，國家圖書館出版社將其收入《原國立北平圖書館甲庫善本叢書》中。《國立中央圖書館善本題跋真迹》（一九八二）收録民國二十五年（一九三六）安徽大學校長、藏書家程演生的《金陵遊草》題跋一則，稱此書『漫漶殊甚，末篇缺數韵』，又云『世不多見，聞張菊生（元濟）君處有一部』。南京圖書館有本書縮微膠卷，但因損壞已無法閲讀。

《金陵全書》收録的《金陵遊草》以《原國立北平圖書館甲庫善本叢書》所收明崇禎九年刻本爲底本影印出版。

鄧攀

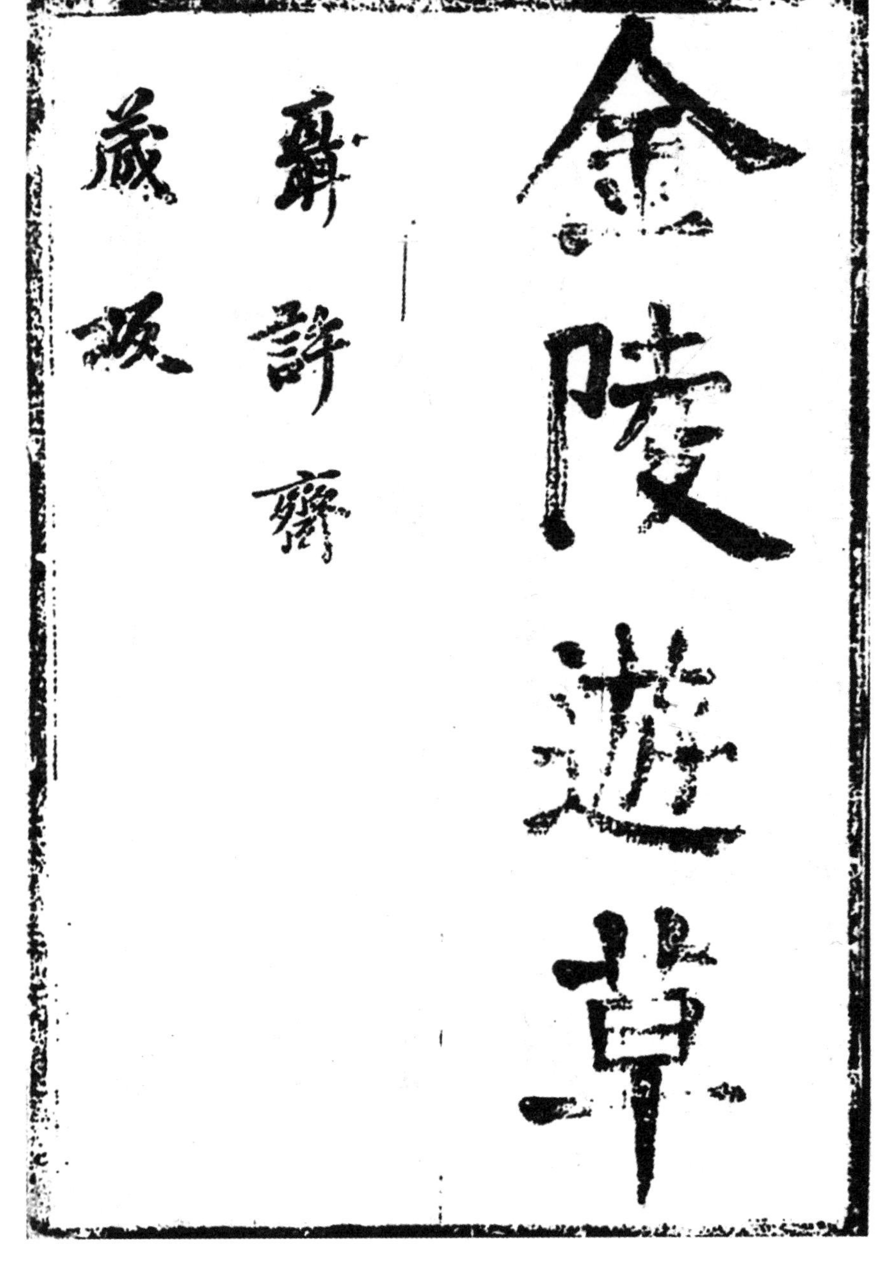

金陵遊草

彝許齋藏版

敘

亦知富貴人之論乎抱膺從容爵位自從攝須瓔簪餘宦委貴今天下所尚時文焉而已古文詞不足事況四聲八韻蕩颺情瀾者歟嗟乎世乃

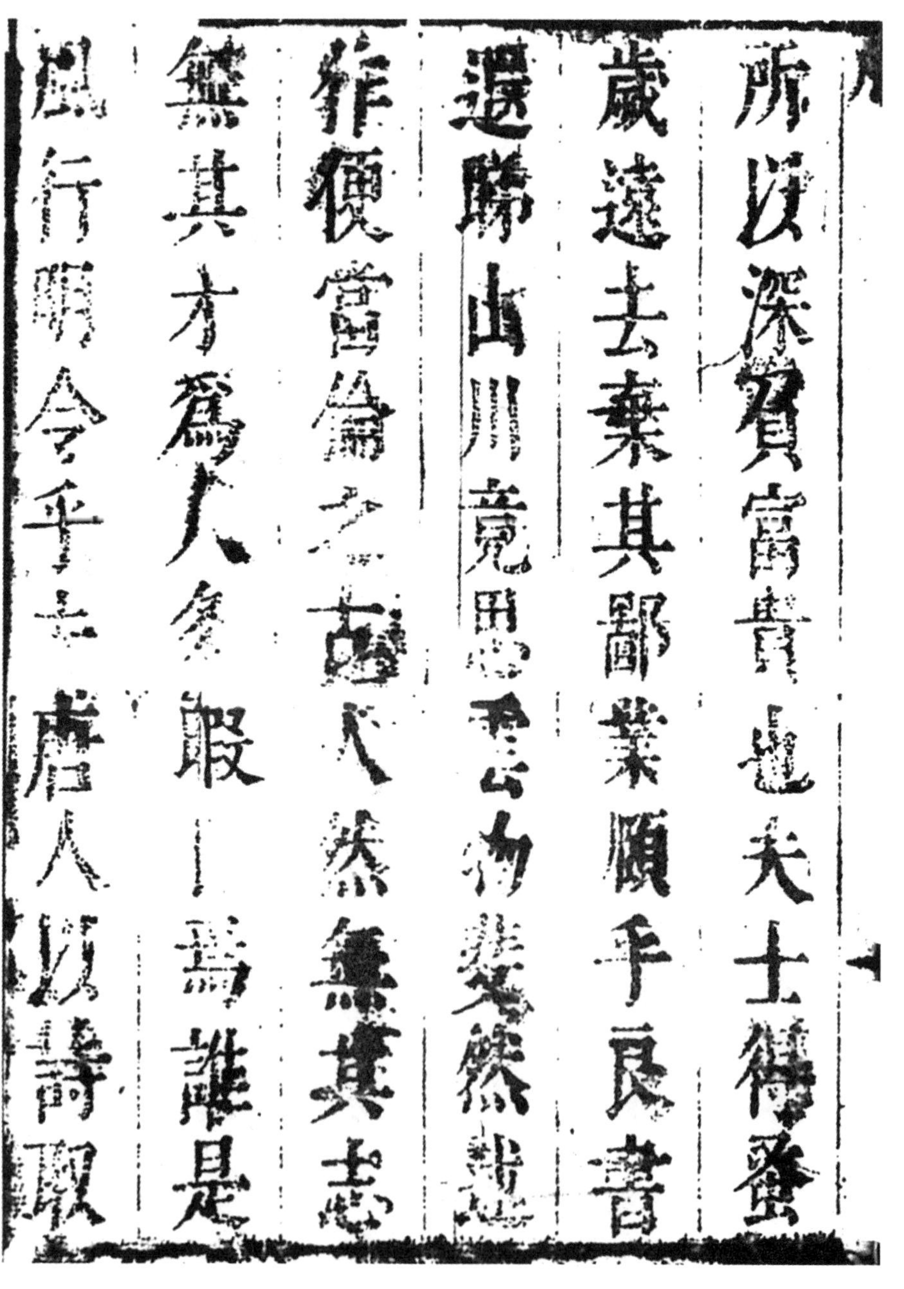
所以深貿富貴也夫士得蚤歲遠去棄其鄙業顧乎良書選勝山川寬思雲物發然悲作便當倫之故乃然無其志無其才爲人多暇一詩離是風行嘅今乎去唐人以詩取

士嗣號龍詩家殊難于登科畫詩價甫不凡耳若君工畫登流人振鳥便有倫存焉數奉詩言章也今近修廣流著長友也其能文猶夫唐人之能詩者也維秋與春各有所

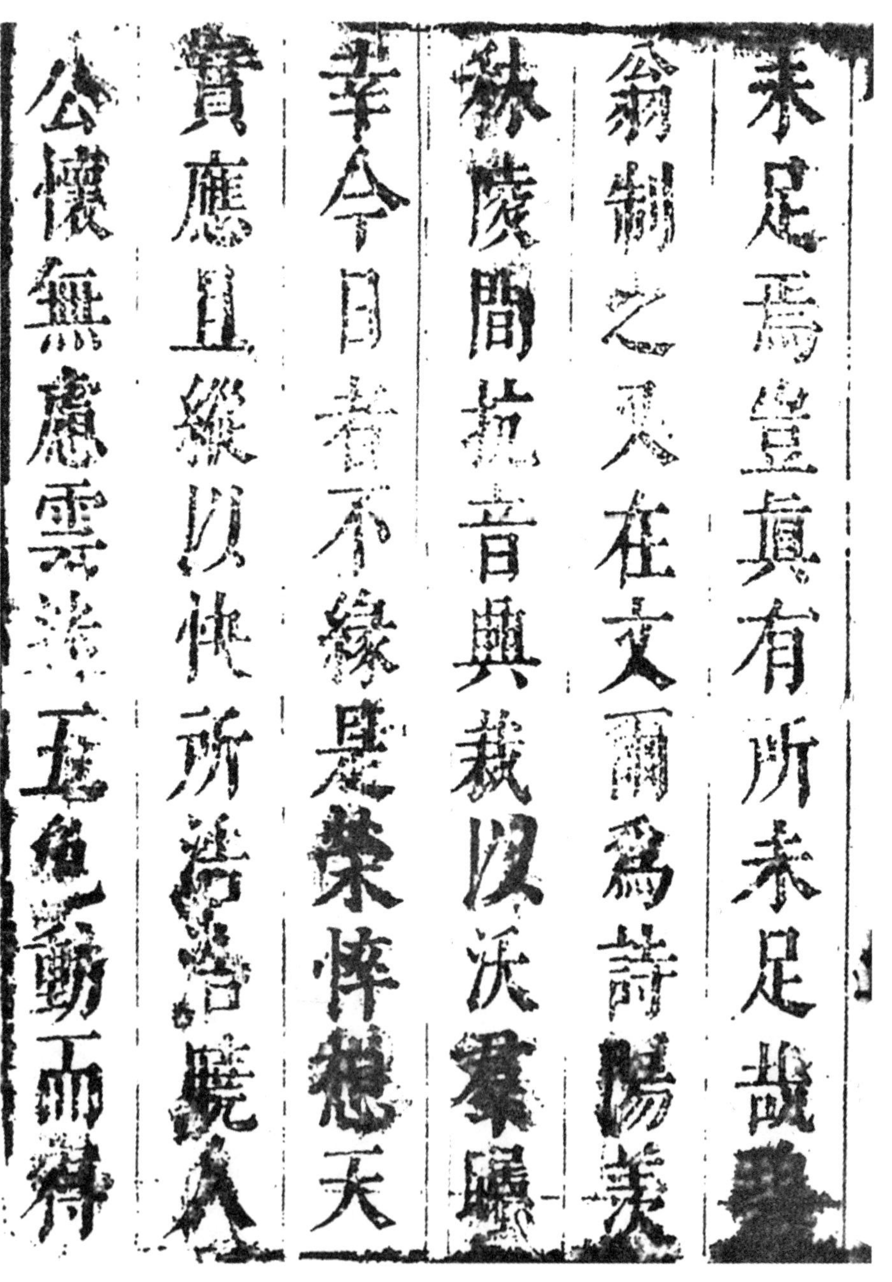

未足焉豈真有所未足哉[illegible]
翁制之及在文爾爲詩陽羨
秣陵間抗音與裁以沃羣驪
華今日者不緣是榮悴憩天
貫應且縱以快所造號人
公懷無慮雲者玉色一動而得

蘆中之嘆余也居守常衡泌
跡涼薄而心蒼蒼矣所望於
諸兄弟者豈其微哉
丙子孟冬同邑社盟弟徐
元黎道力氏頓首書

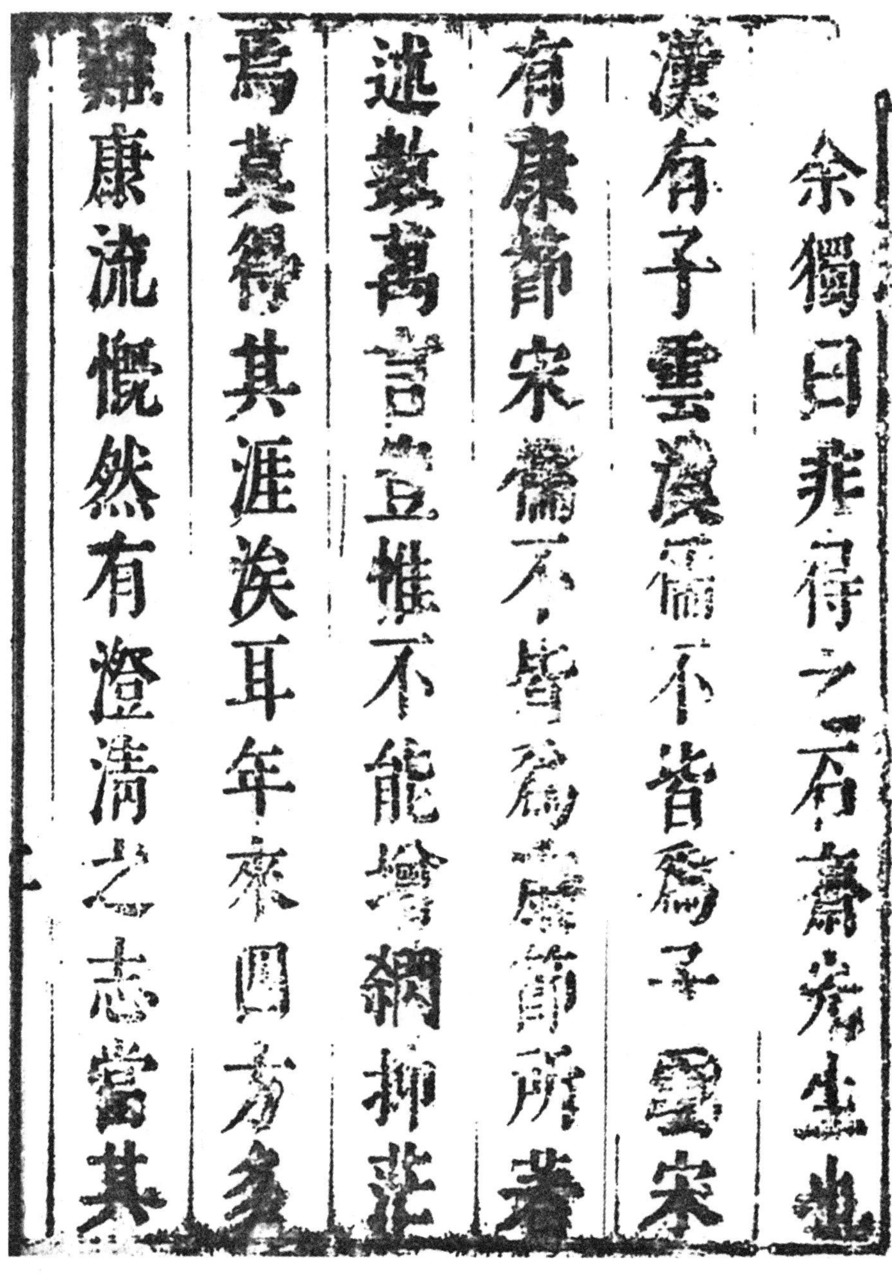

余獨曰非得之石齋先生也
漢有子雲後儒不皆爲子雲宋
有康節宋儒不皆爲康節所著
述數萬言豈惟不能贊綱抑並
爲莫得其涯涘耳年來四方多
難康流慨然有澄清之志當其

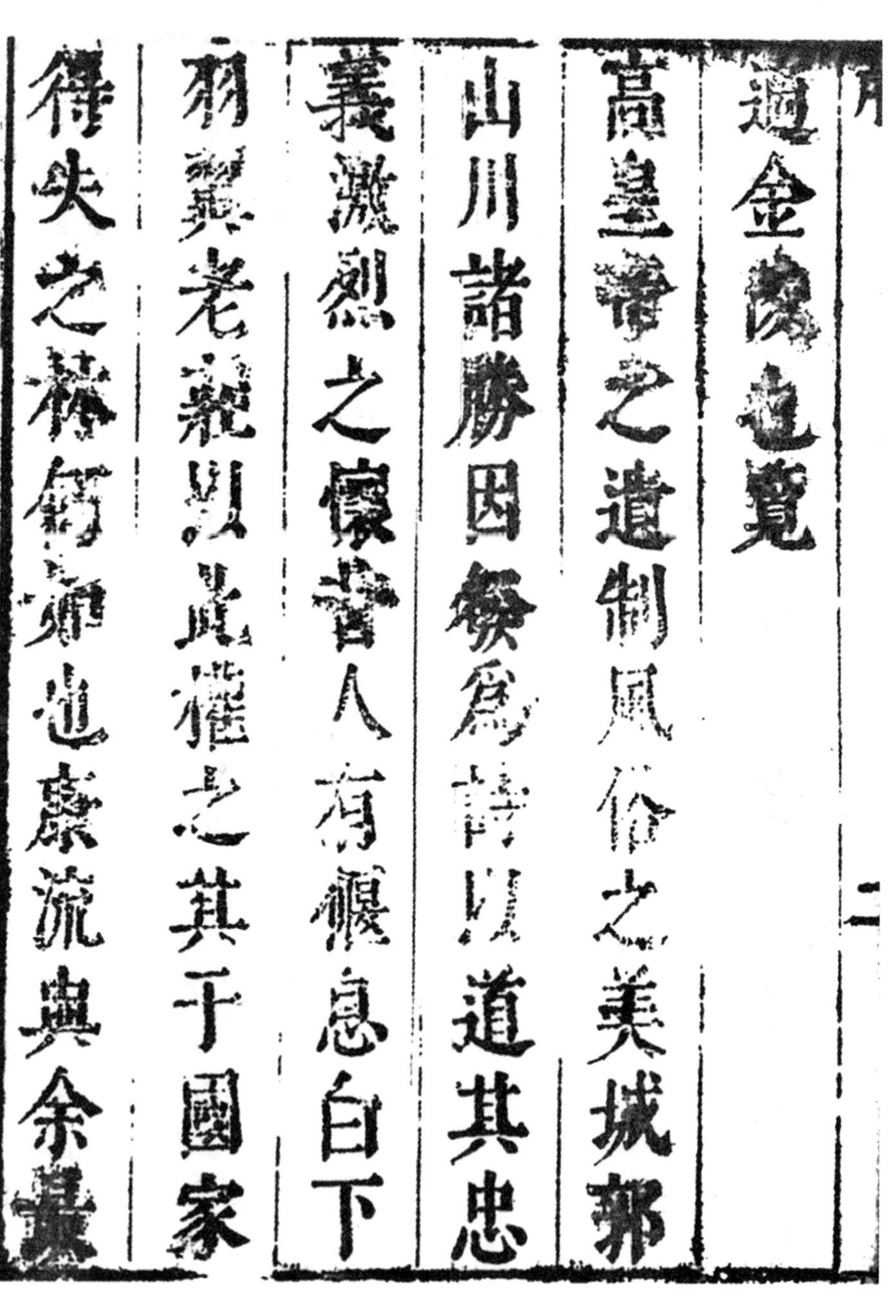

遍金陵之覽
高皇帝之遺制風俗之美城郭
山川諸勝因爲詩以道其忠
義激烈之懷昔人有慨息自下
羽翼老龍以莫攜之其于國家
得失之林何滌也康流與余書

爲叙交爲人宇度閑深質任孝
友其詩篇清麗有體上稱唐宋
下之館晉劉參軍不解詩故喜譚
康流之詩聖賢發憤之所爲作
意在斯乎康流嘗語余云吾先
侍御公有詩集未行于世

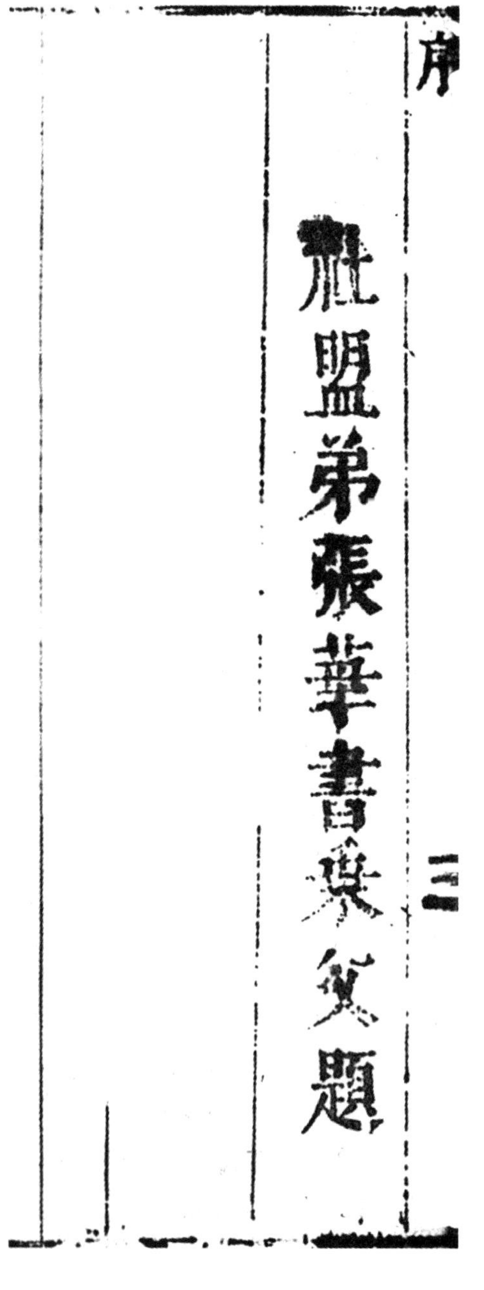

序

社盟弟張華書[illegible][illegible]題

三

自序

辛酉余生十七，病劇，始好爲詩。率爾便成，遣遣雜以 讁于先輩。雅慕文長中郎，自濟南、弇州而上，無暇問津矣。如是者三年。病稍已，得肆力于漢唐諸名作

始知詩固自有真也環吾杭者
皆山而天目以奇特聞孤迥之
致使人攬之有泠然深思翻然
易慮之意自是益好爲詩顧終
日兀兀事制舉業卒歲所得僅
一二十篇既成復棄之几間奚

亶取之以覆酒甕不禁也曰是
固嘗藉力于酒以得有此敢忘
報乎凡六年而存者四十餘篇
戊巳間棄去不復事見獵生心
歲或一二爲之而手筆漸躊躇
矣凡六年而得二十餘篇甲戌

秋冬旁攷歷律以勾股弧矢之法參之累黍頗有所得因思聲音之道未爲絶學且夫詩者非徒以辭而已將以被之管絃奏之郊廟朝廷以達乎邦國而布之四海則必審五音之上下四

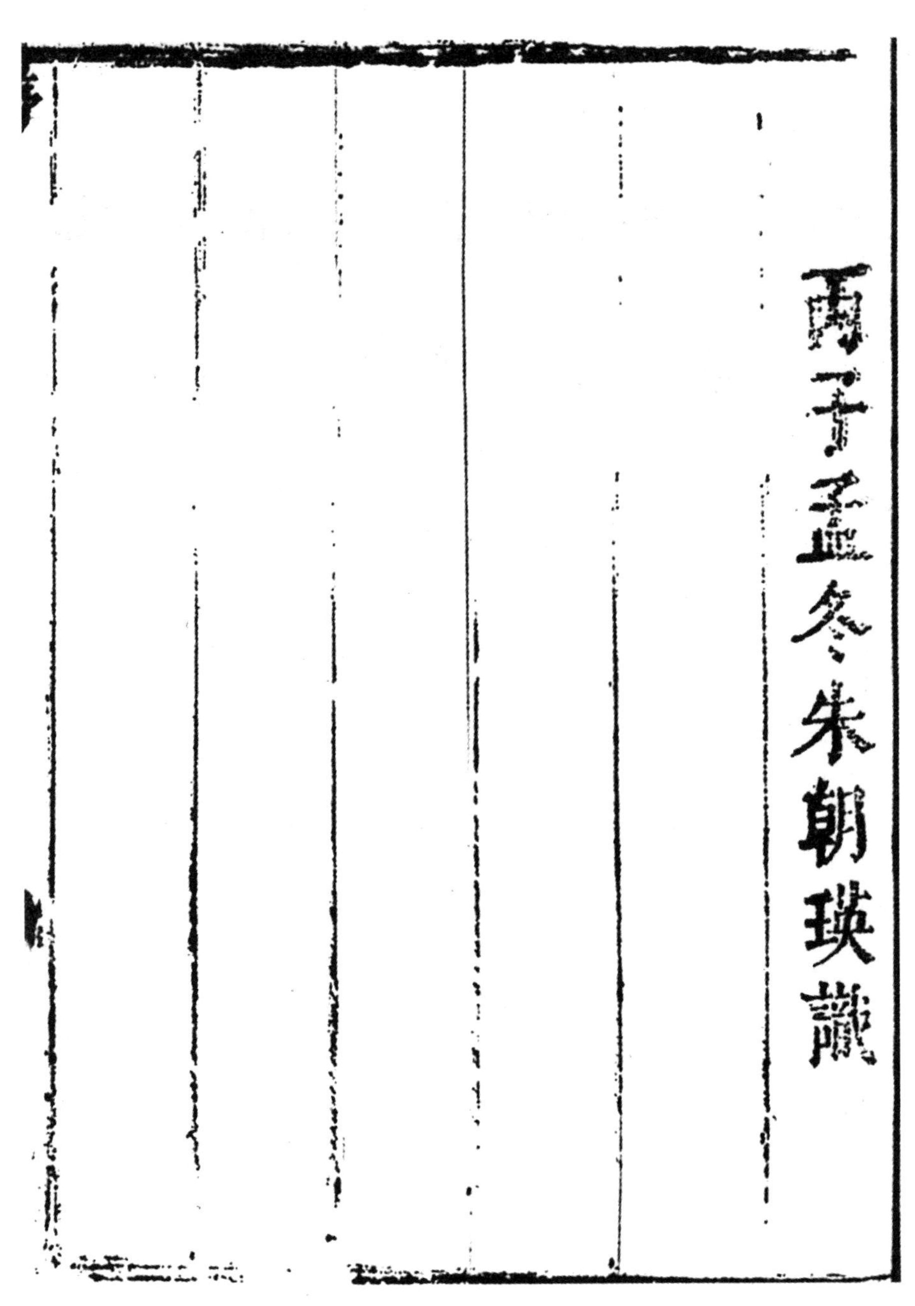

丙子孟冬朱朝瑛識

金陵遊草目次

其二

西都

其一

雞鳴山寺

懷人操三疊

其二

其三

鼓吹曲

其二

其三

其四

其五

其六

其七

其八

其九

其十

飲徐孺深年丈邸舍時孺深以貴池令藏

古鐃歌

其二

其三

其四

同羣行游

臺城懷古

同鄒彥深年丈坐雨廬[illegible]話山川之勝游然天際想也

讀 高皇帝御製誌公贊

金陵遊草目次　　三

趙邇之[illegible]見訪兼贈近刻

司[illegible]趙無聲先生招飲時先生頗有蓴鱸之思

宣遠衡伯招泛秦淮

城上行

江流

雨花臺

獨坐報恩寺

登報恩塔

金陵遊草目次

長干行

其二

其三

其四

木末亭

謁正學先生祠

哭兒

其二

其三

其四

庚午同蓍甫友爲石泰爾構講堂于大淤山何樸菴實領其事特歲見寄賦此酬之兼簡歸來山之期

讀近修叔蘇齋及墨遊諸詠

其二

題鄒彥豫年丈行樂八十歲圖

金陵遊草

鹽官朱朝瑛著

仝社葛定遠

張[illegible]仝較

舟中遠望

數綠依約傍江濱，草色蒙茸繪曉春。好向山頭
添一筆，茅菴坐個看山人。

懷兩弟

相別且十月，昨夜夢來此。慇懃向我云，且住爲

徒耳

舟過金山風利不及上

五丁力士施神工當空削出青芙蓉片片飛來落江水化作山石根玲瓏海氣初收朝日出滿山盡着珊瑚色曾聞海上三神山黄金爲宫會獸白我昔駭咤爲浪傳于今却信有眞仙眼看翠𤎌不得上習習風吹引我船

懷家大人登茅山

昨日送我將祝道東風好風急心轉愁更向神

前詩

懷家兄從遊茅山

躡屐登茅山，疑見江上舟。舟中坐一人，盼盼望山頭。

江行

江天寥闊任風高，一葉衝開萬里濤。纔纔當年淝水上，符秦鐵騎戮劉牢。

其二

片帆軋軋遶江流，萬頃濤聲撼遠洲。臥向篷床

愁不穩起來閒坐數漁燈

過燕子磯

平波纔往一帆輕貪看青山處處縈盡道山頭
游興劇偏憐倒影入江明

其二

遙遙晚色近江干潮落江聲入樹寒新景日多
常不識推蓬着意倚舟欄

留都

萬里驚濤拍岸趨江南風物聚　皇都六朝繁

讖黃金氣一統方傳赤伏符驃騎互番　宿衛齋衣冠齊拜岳山呼雖然定鼎分南北算路鄰雞重始圖

其二

山色蒼深儼畫圖翺翔　上國近蓬壺連甍次第金城繞方艸葳蕤輦道鋪赤子耕桑扶社稷清朝禮樂盛師徒微臣雀躍瞻天須紫氣氤氳到　北都

雞鳴山寺

雨餘景物坐來生古寺岩嵬一徑清埜老能尋梁武蹟山僧惟說[illegible][illegible]名有李長作王居鎮北渚猶疑帝子迎欲覓騷人詩未得登高致渺大夫榮

懷人操三疊

金陵之勝[illegible]亡秦淮余至乃僦居于鷄鳴山下久雨[illegible][illegible]浮阻絕與其行相對兀坐寂寂也感懷與思作懷人操

巉彼石兮山之巔雲浮浮兮紛其旁嗟我懷人

在河梁揚波擊櫂幾未央欲往從之聊與相羊
[illegible]聯綿[illegible]以徬徨日已夕兮道路長

其二

列彼泉兮山之下木陰陰兮翳其所嗟我懷人
在河渚吹笙鼓瑟兮無處欲往從之聊與處處
遥望平原邈何許兮漫漫兮道路阻

其三

翩彼鳥兮山之間風調調兮揚其翰嗟我懷人
在河干對酒長歌樂未殫欲往從之聊與晤言

金陵遊草

俯臨滄瀾浩長漢出無車分道路難

鼓吹曲十首

漢鐃歌鼓吹曲凡二十二篇不著功德言功德自魏吳始也以後代有作者體事多題魏晉梁十二篇後周十五篇晉北齊二十篇餘俱存舊名唯柳宗元宋崔端芥各十[illegible]唯武功不及文德以爲行陣之間所奏之樂如是而已洪武末博士王紳擬之作　大明鼓吹

由我朝有議焉赫赫　聖祖所以底定[illegible]業之無窮者繇浩浩武功已也兩予初夏客居陪京或盛言此地風俗之美以是知　聖祖之則德遠矣首善之化被之載深其間撫於大政作爲十篇[illegible]精王迹之闕足漢曲之數出于一時感發辭旨淺陋不[illegible][illegible]備採擇要存之[illegible]明王者戰勝之術不專以彼而以此也

石城高建都也

石城高崷崴嵬倚洪波隍相應六代去矣真主來奠圭來瑞端王王福與偕福與偕建皇極覃八埏匡萬邦安民藏肇王會天閶開耀赤帯蹕泰階紛象胥遨天衢萬斯年靡後災

右石城高二十二句

菲菲禾黍興學也

菲菲禾黍既播斯穡職職良士既材斯菶菶汚楹棼與閟宮懸珢 珢形弧縈縈敞敞推寬

永大畢達皇輿處書環門爵躍調和元兕德優
淳洛羽冠毛衣茲秋戒宗日覲厥光稽首甚樂
羕羕下上壽頌自顯穗

右祝壽承泰二十句

芳蘭生與世無逸賢也

芳蘭生崇谿移之處庭間庭間有艷能芬非乃
春蘭穠旋無遂顏覆謂蘭幽寒驕氣常婦侵蘭
日望凋殘哲后鑒別之進退展非錯徵書於闔
里處堇纓其冠入見卿賜坐從容議治安議治

裳不■離不嗜殺蔽一言之帝曰都莫敢譏懋
懋一德陟師交懽四袁來賓好用匪頒
右芳蘭生崇蘭二十四句
夏之日憫農也
夏之日赫羲熾流金爍石不敢入室内雨滂沱
垝垣穿室婦織紡不敢游室外蠶告成衣管剛
稼云畢飯秔稃　明明天子兆民攸賴謂農劬
勞未有艾踐祚之初詔風駕降壹壇撫御來爲
之父母　會戒蕭方欽敬慎飭齋祖號時沛猛

虎哉息其雨濤賚嘉禾斯登讀言乎兌

春夏之日[illegible]十句

鏘和鸞[illegible]祀進

鏘和鸞見龍旂馬沛芠濩僾遲燦繽紛導且追

圜丘方澤合神祇祀以孟春泰之時變奕　四

廟明神具依春秋不忒日綏我思靈之降兮雲

情情嘉[illegible]音[illegible]明來牲物咸絛大蕃滋靈之

去兮颸若馳[illegible]鼓鏜鍧絲竹笙之介以福釐如

幾民和年豐似續無終期

右壽神爵二十八句

天垂象省歲也

惟天垂象惟皇省之妖祥不語嗟入命之皇皇聖明旱魃何爲驅草榛御素衣薦藁席噤于日不離后執爨爲農食上下禱號跪進之跪進之甘如飴越三日沛然折不高聽下實鑒在茲鑒茲皇心休徵惟時膏露漫漫卿雲離離萬姓抃舞群臣咸獻詩於吽聖敬日齊躋千孫繩繩來來兆天莫或違

右天垂象三十句

仰　皇明崇德也

仰　皇明聖人仁天肯叔世高皇百昌遂會戰

馴嘉之會罷然條多士通百武人亦遂遂定上

下和人神介眉壽萬嘉賓徹幽崖窮海濱修里

社萃百人坐以齒儀循循交獻酬樂紛員北面

拜稽首　天子壽萬春

右仰　皇明二十四句

大成飭樂也

雍雍大成樂煌煌韶武倅派振帳皇舞洋洋南雅韶絲竹廉以會鍾磬啓且脩大昭小亦蕩[illegible]宛總無憂律間協自然焉用智巧求新聲倚有作不倚搖身[illegible]神巫餙舞隊[illegible]虜顏貽羞　[illegible]朝一丕變介然　聖風邁北傑西林鏘鏘[illegible][illegible][illegible]鳴球

右大[illegible]十八句

[illegible]法部刑[illegible]

[illegible]注[illegible][illegible][illegible][illegible][illegible]在太微之庭太微帝宮內平

小大之獄以情解冤釋滯惟輕歷写俾之不貸

天子穆穆明威神人分以會爰詔有司祥刑

分命以者巡行肅如鹵肆卒耕嫜卑訖與禾黍

欽哉來咨爾成湯卜克恭土生鶩麟振翼齊鳴

嘉禪如膠新頌京師浴之充溢四方沐之華光

要荒緜之滿盛群臣乃歌載賡

右執法二十句

鞮鞻撫夷也

鞮鞻何職總四夷不寧方來信使簦連百蠻

西祈支北窮沙漠南渤泥衆國暹顔修其儀舉

手加額求世通西南臣號賀之朝渠拜舞頌

禪梨一隅蠢蠢德以綏黃金坎冶紫綠泥　王

者并寶選照曜黼以斧藏蕩介重經營啟藩維

邊陲文命誕敷拱無爲覃及海外不遐遺

右題樓三十二句

欽徐儒深年支邸舍奇儒深以貴祖令被

誣得解

髙進開家邸星聚總　心知　坐以鄉音莫數成世

事悲西山堪挂笏北海且啣卮鉏盡讒書毀彈

冠會有期

其二

堂上留兒久焦慢病已更隣舟汐鶯破波痲蒸

茶牘探首中原恨鄉懷故友情世途多蹭蹬那

復酒杯溢

功臣祠有感

瞻仰英風感係之昔年今日總潢池劍刀在昔

背牛犢保障于今只繭絲得冠將軍都削竹標

金陵遊

心。天子自聞鼙鼓長慮繫思于頸覆學長沙

酒涕洟。

六王詠六首

中山

矯矯當時盡虎熊，先生智略靖華雄。留軍不入亡吳庫，分隊還防去虜宮。百戰功名居第一，千秋俎豆列當中。雲臺洲閣難為美，第使人思郭令公。

開平

俯瞻威貌獨稜稜所向皆靡信有憑采石蛾眉
天下險登弧想見一人登臨處以開基未真
遂從茲畫土猶不足誇義兄能擇主歸施靈當是

游滕岐陽

夘觀 天顔賜宴嘉英獻奮春自 皇家湧泉
昔日神明威借榮喬獅艾者嘗沙漠班師會上
春咸均霖春重宴康洵知文武高千古亦懽進
書枉趙奮

金陵遊草

寧河

將軍材略近彭英終始還能保令名南越論安時
圖世亂河西決策保身榮坐消八鎮欃槍影
破昆處登噪聲價聞神靈 名不泯中原恐復見
縱横

東甌

氤氳王氣滿 中京餘澤猶鍾萬古英兵法總
爲吾注腳藩邦尤藉激長城爲旋最有平陽久
厚重還欽入尉名自是 君王榮寵早特開甲

[illegible]

黔寧

[illegible]部亂識雄材三尺孤戟　帝憫哀爭道芝

[illegible]枝玉樹都志畔蛉作珠胎東宮巳幸攀髯去

[illegible]猶傳化雉來兵法常兼經史讀軼書慣羅

一府嵬

古鏡歌四篇

偶有所感擬古題以寓意焉

艾如張

丈如張藏不測野鳥相將啄殘粒群鳥入網不
知一鳥在外悲鳴撫其翼身輕勢孤呼之不
不得昂首向天鏗鏗之聲達之南旋之西北山
之北聞有上古淳和之國鳥雀之巢可以俯窺
吾將從之以休息

戰城南

戰城南兮氣青城烏札札啼我營殺賊如刈草
殺不聞人聲鏖戰一呼群醜骨驚鳥奔鼠竄氣
屏解甲歸來還入城昔日從茲去歸嘗捐棄

生北風雲其介馬悲鳴今门來歸椎牛釃酒擊
鼓鳴鉦主將大歡樂軍士踴抛歌太平

上邪

上邪我惟汝諧汝惟我知上有碧翁以及富媪
實皆見之明星皓皓白水濟濟鑒我同心永無
遠離海有時竭山有時崩隕星有時墜日有時
虧此心終古無遠離所不與汝同心碧翁富媪
其當治

臨高臺

𦾹高臺望四垣四垣一一何盤盤東亦有山西亦有山南亦有山北亦有山周圍繚繞大江日夜流其間大江自流高山自安山上鬱青松百尺亂枝蟠松間有舞鳥萬里息飛翰遠人來服麥民咸懽　皇帝一千萬歲無不從

同友人游

策蹇登北山復過三山市我游君亦游君止我亦止魍魎笑我影有待而坐起影亦笑我云子罔隨人耳將絛減足嘉所貴忘我爾

臺城懷古

高山日落天氣昏夜雨寂寞山僧門當年姓蕭
凡幾易至今岏岏臺城存臺城長亘三五里壽
艸芊芊眠寒不起叠嶂洪波繞石頭潮聲暗咽繁
華鬼呼嗟梁武號賢明一朝荷荷亡身名况乃
金鈫垂兩臂（錦曲）入子無愁宗廟傾獨有火戰雄
赤[illegible][illegible]冰風聲破勍敵英謀神算越古今再造
吳宮與晉臺吳宮嬛嬛白紵舞晉室風流後代
祖豪奢宮殿闢茲山白骨纍纍何處所物換人

發千百年典午互互知誰賢英雄淚盡不可問
我來長嘯呼青天青天漠漠笙歌泣大風吹沙
山石立叔子淚隨東北流江底千尋瑣不得

同郭彥深年丈坐憑虛閣話山川之勝渺
然天際想也

岧嶤虛閣挹清輝坐愛南山久未歸涉險不堪
吟骨瘦登高還覺遁情肥嘯隨楚響千林落思
共晴雲幾處飛俯視營營成底事長將鷗鳥證
忘機

讀高皇帝御製公贊

誌公非吾道妙義頗有合因此感　皇心燦燦宸章發

其二

長跽讀宸章朝霞爛上方壁間一片石千載餘輝光

月夜懷張書乘

別君已千里夜夜共明月把酒遥相對與君未嘗別

秦淮曲

秦淮瀲灧光浮碧，兩岸烟銷畫橈出。昔年名勝罕遺跡，依然絕景掛天壁。簷楹低處山岑崒，微雲綴之蒼翠濕。水凫唼喋狎晴日，荇藻翻風游魚噏。刻棟雕甍競奇式，飛樓縹緲分幾級。綿延十里相輝奕，不聞笑語聞琴瑟。蘭窓吹雨商絃澁，羅家有女當窓立。袪服明粧世罕匹，五陵駿馬黃金勒。嘶過垂楊訝曾識，慇懃住轡問消息。下馬却坐沽罏側，金陵美酒開馨逸。千觴百巵

進給繹仰看西方日已夕安得彩霞照顏色衈
如鍾阜長寥寂夜夜月明侑孤客

觀象臺

好趁新晴入翠微披茸獨坐倚斜暉望餘靄棱
鍾山頂水外風清燕子磯午影高低閒表柱中
星昏旦玲璿璣今細審細玉衡上合[illegible]辰光歸
自衣

渾儀

咸治法堯舜曆象欽昊天卜筮既難遵吉凶惟

此占蓋天不可法宜夜復失傳範銅鑄渾儀將
以示後賢噫人勝一籌無乃遜其源守敬變句
股弧矢立天元刻漏圈以推萬法因以銓天則
有冬夏𣲙則有南北北都三十八南都四十一
日至晝短分盈縮其爲則長至則反之今古永
無忒噫彼摯壺氏登臺絕僕倒乃以南漏刻而
推北日食相去三千里何繇得真實昭昭尚如
此安能辨徵毫釐沿二百年良用長太息

飛鳥巢萑葦

飛鳥巢雀莫自謂得其所青子恩且勤相與哺用哺一朝狂風吹蕭索河之滸巢破子亦危衮鶚訴孤苦因之感勢炎炎炎何足數

行行白下橋

行行白下橋試酌白下酒酒人論酒味兀[illegible]倪聽久太茸飲賴人太苦不適口太濁近于愚太清亦傷厚旨哉酒人言爲之呼[illegible]

烏衣巷

典午亦已遠何況王與謝策馬古巷中荒荒夕

陽與

送郭彥深吳豈占先歸

醉蒙千里勞兩人互作伴如星遊權中足音亦可喜況是同里人夙昔孫知己約期攬名勝曠達天地理相期訪遺蹤上下南北與陟然辭我歸我與亦索矣遂我兩峯與君泛湖水得意不在山何問遠與邇

遊趙之[illegible]訪兼臨近刻

東轄鍾阜西石城兩山相望何蔥菁俯瞰浩浩

萬里之長江波紛浪沓神光鬱荒荒白日晚潮起　泒寒光拂烟水回香一室生清風不見江流見趙子趙子一咳唾乃是千珠璣小者照十乘大者耀紫微散落瀟湘滿寂寂開光輝車馬馳道側顧之不肯陷郎向雨花臺倉皇尋白石吁嗟趙子坎壈何足悲所悲世人之識皆小兒見金不敢取薄黍終歲皆貧復何爲

司寇趙無聲先生招飲呼先生廣有蓴鱸之思

五年長入夢[illegible]王[illegible]江湘[illegible]高話風[illegible][illegible]事深談骯
髒心官情雲出岫生計壁餘琴秉直元無恨戀
教薑非侵

宣遠衛[illegible]侶之秦淮同吳行潔[illegible]

冢人無主賓[illegible][illegible]成[illegible][illegible]相對鮮苛禮高談何
慨慷一抹平水分开山[illegible][illegible][illegible][illegible][illegible]岸來慨
焉吊古往吳宮院平山[illegible]至赤[illegible][illegible]唫彼世上
[illegible]人役役魏塵壤因之樂優游山水有清響無花
性還悅有酒禪自調水鳥掠舟飛荇藻牽孤槳

夜闌與未闌涼月坐惝恍

城上行

聞客歲之杪冦逼江而居編戶[illegible]築爲

之作城上行

桓桓軍士吾告汝吾今春今來守城不得復有

所語借我農家見服織長相不似旌旗今雖從

役亦何能爲法是千人莫萬人無支糧十二月

廚薪一日糧脫巾譟呼不可當今會不能被甲

上馬學弓殺賊靖我寰邦郡使我朝不得暮暮

不得休息，日夜登陴。爲爾饑號，寒風吹衣。惟衣

得知，霜雪滿頭。惟髮得短，與爾同讐，敢恤我私。

江流

流民避寇，有挾一束葦而渡江者，聞而哀之。

汨汨江流，鳥不及游。之子不辭，褰裳是浮。一解

烈烈江風，鳥不及飛。之子無翼，昂首是涉。二解

何以楫之，萑葦有截。何以帆之，褰衣揭揭。三解

進不識前，退不得後。前有洪濤，後有劇寇。四解

洪濤佴阻[illegible][illegible]遲我[illegible][illegible][illegible]陵[illegible][illegible]我所 五[illegible]

雨花臺

登山空晚色迥復是炎天蔭晚垂楊下風來女
牆邊鐘聲烏外落帆影樹頭懸一線江流白平
林屋外玄慢亭游子慧茶火楚人煎六代遺風
遠三山勝事傳平蕪思故壘荒徧吊前賢矚覽
從吾性幽探以路[illegible]不堪雙屐倦古寺漫留連

獨坐報恩寺

萬松陰裏暮來聞一塔差我立漢間疑有金莖

□葦露早令塵想落禪關

登報恩寺塔

□刹莊嚴静世氛輝煌金碧煥朝雲直向最高

□上望吴山楚樹一江分

長干行四首

長干道上柳初開門外喧闐騎若雷纔到春來

二三月傾城載酒雨花臺

其二

杏花衫子石榴裙滿路紛披百草薰昏火年年

報恩寺數聲魚磬雜氤氳

其三

夾道紅塵馬足生揚鞭垂轡出都城金光正躍
雙鵰落一笑天涯覽氣清

其四

帝里風光樂正賖春來簫鼓自家家最是一年
春好處落花風颺酒旗斜

木末亭

升高宜遠望此地不同論萬綠天[illegible]合孤亭業

外尊聞聲風入樹潺影月窺門靜[illegible][illegible]無語方

知逸趣存

謁正學先生祠

義士前[illegible][illegible]先生乃繼之居身能古道阿世歎

時從史筆千年恨丹衷　九廟卻雲開見白日

山上有隆祠

哭兒門首

淚[illegible]已一月今日悵還家昔日我入門抱兒出

看花今日我入門裏竹[illegible][illegible]傘大女來撫摩小

女亦呱呱見此非不愛所惜何用賒

其二

我已五舉兒天不一慭遺或三或五歲白日終淪喪不恨喪兒多卻恨生兒奇厥聲實載路高額覆廣眉何爲舍我去[illegible][illegible][illegible]脾

其三

朋友慰我云子孫皆委蛻達人妙觀化萬吹總一吷莊生非浪言卜子何太拙爲我謝良朋斯言詎易說擲刀割我肌誰能不痛裂

金陵遊草

其四

我悲亦已矣老父悲更切兄弟四五人隻影乃孑孑嗣續猶可舒含飴誰娛悅但遇飲食時悲來不可絕念此殊驚心有淚詎敢雪

庚午同籍諸友爲石齋師搆講堂于大滌山何楷庵實領其事詩成見寄賦此酬之兼詢師來山之期

大滌高峰望齋蒼茆蔾日日困炎光烟霞未獲探玄蓋唱和先聞重栢梁自是合離關世運敢

將聲[illegible]付詩章何時太乙臨壇席勉書徵垣動
紫芒

讀近修叔飛屑篇六遊諸詠

詠罷[illegible]詩三百篇假茲聲律已無傳後人漫[illegible]
誇章句一字何曾入管絃淑家久推難續美[illegible]
光今喜獨巍然　國朝[illegible]皭緻吾家事會看[illegible]
樂普天

其二

慷慨新詩數十篇東吳勝事喜重傳千年特[illegible]

留花草[illegible]齣鐃歌雜管絃澤國江山原不俗才
人手筆更超然平生我亦[illegible]乎此[illegible]屬[illegible]識
問天

題郭彥深[illegible][illegible]心宗八十四韻

混茫開奇器卷之不盈杯列聖闡秘奧萬化從
可搜三易縱殊義沿尋總源流尼父鐵擿抉遐
哉渺難偹孟喜分卦氣乃于易緯求列置十二
辟今古同遵由焦氏衍[illegible]象大夫[illegible]公侯四千
九十六旋行若循遂京房兼餘分濟[illegible][illegible][illegible]

書因爲監司律呂亦相投匪不燭几先或剖[illegible]
贊疣楊子[illegible]天心中孚始寘幽抉徽本周易[illegible]
山間咨諏日分依泰簇三替通爲籌配合非自
然豈能[illegible]化侔[illegible]玄猶如此混乃闡朗儔咄咄
文中子[illegible]復襲道猷元包祖[illegible]藏樗盤可用羞
乾坤易先後動靜迥不猶此特[illegible]飛伏餘義會
未抽希夷[illegible][illegible]大洞矚無[illegible]贅方圓既分布地
載而天幬康節妙循繹元會始幺絲卦則有體
用著亦有[illegible]留因茲測消長在辨剛與柔氣朔

雖過變通之無差尤聲十音十二唱和亦旣優
辨音以起數識者猶躇躊潛虛擬河圖皇極摹
洛疇補齊同歸識高文從俯彫[illegible][illegible]鮮窺測此
義歸據丘石齋黃夫子決起繞[illegible][illegible]爻值度
分始鎖鑰斗中陽五陰則陽上下洪[illegible]樛大象
與大數三乘[illegible][illegible]同數[illegible]百二十參與六甲謀
癡廚各有合[illegible]酌無盾矛黃鐘[illegible]參始仲呂兩
則遹上以窮天文下以攬方州臟腑候運氣鬼
神察歸遊三際或五際自詩及書秩夢若契

響正天判樂憂一自五十六圖列無紛糾千古
遺妙理燦然明是綢要之本聖言符無[illegible]鶴[illegible]
同門[illegible]深[illegible][illegible][illegible]佰所味[illegible][illegible]亦自闢難與古
沉浮着[illegible][illegible][illegible][illegible][illegible]才爲[illegible]化所以[illegible]歷[illegible]獨
向靈臺[illegible][illegible][illegible][illegible]首務衆[illegible]悉[illegible]衷虛[illegible]旋變
化陰陽互納[illegible]訴明得中道[illegible][illegible][illegible][illegible][illegible]慎[illegible]
及和[illegible][illegible][illegible][illegible]內[illegible]肯綮既熟嘗[illegible]衍概飄[illegible]
予亦[illegible]蝠[illegible][illegible][illegible][illegible]凝眸[illegible]正[illegible]十五入卦八
節道陽惟以順施陰[illegible][illegible]逆酬[illegible]進[illegible][illegible]退大

金陵遊草

小定有倣二八交易位朱以其類收五事與庶
徵志氣乃交操乾一終巽六節序誰能俯縮極
當全度度爻相乘麻河圖首乾坤徽以坎離𨻳
其數皆互易震巽則焉否具九百兌八厥義固
有攸終以分上下德以別闌軸山絕正二繩下
經分以鈞兌艮疑不交書以二其逆震巽交之
始闢以防其婾聲音衡此尚微瀏角最瀏五十
兼四十九寸宮在喚亦除以起算生娶斯爲圖
邈泂華一太秩秩且泊油四九而三之徽音宣

上頭三八亦如茲添兩俞參參因生羽及角春
各無可庾中者五與十冇居南北賑二七併二一
五一六資十闕兩因其本數升降平兢緣參兩
倚天地定數無侵牟律吕有倍半[illegible][illegible]攷管
管氏[illegible]素術後人莫見甄與吳偶[illegible][illegible]其耳効
磨兜鞬者聊相正敢胡嗣[illegible]郁

跋

虞書曰詩言志謌永言聲依永律和聲八音之稍間于聲聲依矣稍間于律律皆不可以名詩古者登歌清廟太師協之而諸侯之國亦各有詩以道

其風土性情至于投壺饗射必比于笙磬譊相以達其意而爲賓樂薦詩樂之下相用也有繇繇已三百五篇孔子皆絃歌之以求合韶武雅頌之音後世之名詩者不能知也自漢及

今代有作者或得其瀟洒閒遠之風或得其舒和高暢之節變態百出可謂盛興然而宮羽不序雜糅淪夷甚子悉之矣予兄康流幼喜爲詩每風雨將夕相對靜默輒屬韻賦句戲相

唱和以爲歡笑今年秋遊南山相携徜徉而上倚怪石蔭茂木俯眺大江夜潯際颸溪聞水聲似環珮璆鏘諧動樵蘇是時予及弟肆夏三人者肅承父之意適志反因相與歎江山之

游而思歐謂匡廬衡阜羅浮三峽遊
爲尊尚奇偉秀絶者未得至而遊焉
則又爲之[illegible]歸而悽愴康流乎肩遊
諸咏謂曰金陵蓋名都群勝萃焉凡
詩之所載亦其一二之畧也今夫四
陜

方之所聚物殷人繁而兼有山水登
臨之樂名流貴游寫其幽思賦而紀
之者何可勝數斯且網羅數十篇耳
然康流于貴譲分杪能言其微其于
爲詩聲浹律比讀而諷嚱之雖多亡

三

韻本溫純憂娛懷之言其導揚聖世之盛美而雍容欲列于雅頌者往往閑以深麗而則也庶幾修與古樂以助化其漸與

冬之仲月弟朝琮方水氏題